ro
ro
ro

«Vielleicht kein Buch für den Nobelpreis, aber eines, das ein paar Leuten zu der überraschenden Erkenntnis verhelfen wird, daß gute Literatur eine Menge Spaß machen kann.»

(«Washington Post»)

Daniel Woodrell stammt aus dem Südwesten der USA. Mit siebzehn brach er die Schule ab, um zur Marine zu gehen. Mit siebenundzwanzig holte er seinen College-Abschluß nach, studierte danach zwei Jahre am Iowa Writers' Workshop. Im Alter von dreiunddreißig veröffentlichte er seinen ersten Roman, dem inzwischen vier weitere folgten. Im Rowohlt Taschenbuch Verlag erschienen bereits seine Romane «Zum Leben verdammt» (rororo Nr. 22336) und «John X.» (rowohlt paperback Nr. 22648).

Daniel Woodrell

Stoff ohne Ende

Roman

Deutsch von
Jochen Schwarzer

Rowohlt Taschenbuch Verlag

Die Originalausgabe erschien 1996 unter dem Titel
«Give Us a Kiss» bei Henry Holt and Company, Inc.,
New York

Veröffentlicht im Rowohlt Taschenbuch Verlag
GmbH, Reinbek bei Hamburg, Juli 2000

Umschlaggestaltung C. Günther/W. Hellmann
(Foto: Mauritius – nonstock)
Gesamtherstellung Clausen & Bosse, Leck
Printed in Germany
ISBN 3 499 22773 8

Dieser Roman ist drei Damen gewidmet, deren Unterstützung ihn erst möglich machte:

Marian Wood, Ellen Levine und Deborah Sweet

Und der Erinnerung an
meinen Vater

Robert Lee Woodrell

Und Er sprach: «Laßt die Trompeten und Saxophone swingen, Mann, swingen!»
(aus seinem Jazz-Grabgesang)

und meinen Großvater

Pedro (Pee-drow) Daily

«Also, wenn man bloß 'ne Ahnung hätte …»
(aus seinem Munde, oft)

«Wir wollten doch bloß mit den Augen zwinkern dürfen.»

MARILYN MONROE

1 Drei Fingerzuckungen

Ich hatte Familienkram zu regeln, mehr nicht, aber ich beschloß, dies nicht ohne Pistole zu tun. Es war bloß ein kleiner, schwarzer 32er Ladystinger, und ich steckte ihn in den blauen Kissenbezug, in dem meine Reiseklamotten verstaut waren. Der Kissenbezug lag auf dem Beifahrersitz – man kann ja nie wissen, ob man nicht unterwegs ganz plötzlich hineinlangen muß. Ich wollte weg aus Kalifornien, irgendwohin, wo kein Haftbefehl auf mich wartete, und natürlich ließ ich mich bei meinen Alten in K. C. blicken, die gleich merkten, daß ich genug Zeit hatte, irgendwelchen Kram für sie zu regeln. Es gab keinen Grund, sich deswegen zu streiten. Dieser Sache wollte ich sowieso nachgehen, ziemlich gern sogar, und sei es nur, um die Lage zu sondieren und den Ausgang der Geschichte mitzukriegen, so es denn einen gab. Nachdem ich im Radio einen Sender mit guter, erdiger Countrymusik für unterwegs gefunden hatte, steuerte ich den ziemlich schwerfälligen teichgrünen Volvo mit Missouri-Kennzeichen, der wahrscheinlich als gelber Volvo mit kalifornischem Kennzeichen in den Fahndungslisten stand, Richtung Highway 71 und dann aus Kansas City hinaus nach Süden.

Die Bullen waren mal wieder hinter Smoke her, und Mom und General Jo wollten, daß ich runter in die Heimat fuhr, meinen großen Bruder fand und ihn zur Vernunft brachte. Die Polizei von Kansas City hatte einen Haftbefehl gegen ihn in einer ernsten Sache, und, ehrlich gesagt, sie hatten das Recht auf ihrer Seite, aber wir Redmonds waren noch nie die Art Familie, die ihre Leute so ohne weiteres in den Knast wandern läßt. Es gehört zu den Unverrückbarkeiten unseres Hillbilly-Selbstverständnisses, zu unserer Tradition und zu unserem angeborenen Verhalten, daß wir nicht vor der Staatsmacht kuschen. Mom und General Jo waren längst solide geworden und führten ein anständiges Leben im Kansas-Teil von Kansas City, in der Gegend der 39. Straße und des Rainbow Boulevard, aber die Cops, die in Smokes Fall ermittelten, hatten es satt, sich wieder und wieder die Litanei der Ahnungslosigkeit von ihnen anzuhören, und rasteten allmählich aus. Smoke hielt sich unten in den Ozark Hills versteckt, unserer Heimat, und das schon über zwei Jahre. Unsere Eltern fanden, es wäre langsam Zeit, sich zu stellen und mit einem Geständnis mildernde Umstände auszuhandeln. Die Cops gingen ihnen beinahe täglich auf die Nerven, kamen unangemeldet vorbei, riefen zu jeder Tages- und Nachtzeit an und hatten ihre Elternliebe allmählich ausgelaugt.

«Doyle», hatte General Jo gesagt, «du hilfst uns bei Smoke, und dann helfen wir dir bei deinem Ärger, Junge. So wild ist das bei dir ja nich. Scheiß-Eheprobleme, weiter nichts.»

Ich sagte, was ich sagen mußte, nämlich: Kein Problem, ich mach das schon.

Hundert Meilen weiter südlich oder so bog ich nach Osten ab und rollte in die Ozarks, die perfekte B-Seite eines Großstadtmolochs. Nichts als Wiesen und Hügel, Bäume und rote steinige Erde. Den Häusern sieht man an, daß mehrere Generationen mit jeweils anderen architektonischen Vorstellungen an ihnen gebaut haben, und dabei entstanden dann verschachtelte Gebäude, deren einzelne Flügel oft nur zu dem Zweck gebaut zu sein schienen, die vorher errichteten zu widerlegen. Man sieht Hühner auf den Höfen, ausgedehnte Gärten, Schaukelstühle auf den Veranden und immer wieder Fahrzeuge, die so erfolgreich in die Landschaft hineingerostet sind, daß man meinen könnte, sie stünden schon immer dort. Auch viele von den windschiefen, verwitterten Klohäuschen hat man stehenlassen, als Absicherung für die gefürchteten Tage, an denen die Sickergruben überlaufen.

Unsere Gegend, die Ozarks, wurde vom Wasser geformt. Als die Eiszeit zu Ende ging, war das ganze Land überflutet. Über Jahrtausende haben die Tauwasser Täler, Schluchten und schattige Mulden in die Berge gegraben. In den Felsen und Hängen gibt es überall Höhlen unterschiedlicher Ausmaße, finster-schleimige Tunnel, die tief unter die Erdkruste ins Innere des Gebirges führen, wo angeblich extreme Temperaturen herrschen. Diese Berge gehören zu den ältesten der Erde, sind inzwischen aber bis auf kleine, widerspenstige Hügel abgetragen. Die Ozark Mountains scheinen eher zu kauern, als sich aufzutürmen, sind sehr zerklüftet, aber nicht mehr sonderlich majestätisch. Riesige Waldgebiete mit Hickorybäumen, Zwergeichen und Kiefern überziehen die Hänge und Täler, und durch die Niederungen schlängeln sich klare Bäche und Flüsse. Hier und da haben Leute, die vor absolut nichts zurückschrecken, Land gerodet. Es braucht oft Generationen, um in dieser Gegend eine Farm aufzubauen, und es trägt nur Streit und blutige Schwielen ein, aber diese Hillbillies können nicht anders. Zum Lohn für ihre Ausdauer dürfen sie dann ihren Lebensunterhalt mühselig mit Hühnern, Schweinen und rotem unfruchtbarem Dreck verdienen.

Wenn ich an solchen Höfen vorbeikomme, denke ich: Hut ab vor eurer Schufterei, ihr Lebenden und Toten!

Ganz in der Nähe von Green Eye hielt ich an einem Country Boy's und besorgte mir ein Sixpack Busch und ein paar Päckchen Lucky Strike ohne. Dann ging's mir ein bißchen besser. Als ich schließlich in West Table, Missouri, ankam – unser wahres Zuhause, zwanzig Meilen nördlich der Grenze zu Arkansas und mitten im Herzen der Ozarks –, stand die Sonne schon hoch am Himmel, und es war höllisch heiß. Es hätte ein schöner Tag Anfang August sein können, wenn die Hitze bei 32 Grad oder so stehengeblieben wäre. Die alten Knaben auf den Parkbänken am Town Square fächerten sich mit dem Hut Luft ins Gesicht und erzählten einander Witze, die mal neu waren, als Bing Crosbys Schnulzen den jungen Mädchen noch die Mehlsackhöschen feucht machten. Ein Junge kratzte mit einem Stock einen aufgeweichten Kaugummiklumpen vom Bordstein und spann sich dabei in ein klebriges Netz ein, aus dem er sich nicht so schnell befreien würde. In dieser Stadt – in der ich geboren wurde und in der Mom und General Jo geboren wurden, und in der seit dem Bürgerkrieg unsere ganze Familie geboren wurde – hat sich nichts geändert. Am Town Square gibt es Läden, die Wal-Mart noch nicht kleingekriegt hat, und Parkbuchten um den ganzen Platz. Die Cafés im alten Stil existieren noch, wenigstens zwei davon; und ist man ein ortsansässiger Ozarker, scheint einen jeder hier vom Sehen zu kennen, wenn er nicht sogar deinen Namen weiß.

Am anderen Ende des Platzes bremste ich für zwei Frauen, die vor der Bank über die Straße wollten, und denen die Baumwollröcke am Hintern klebten – weil sie schwitzten, vermute ich. Ihnen war offenbar bewußt, was für ein hübsches Bild sie abgaben, als sie mich breiter als nur freundlich lächeln sahen, denn die eine langte nach hinten und zupfte den Rock lose, was ihn weniger reizvoll machte, während die andere mir zuwinkte und sich gar nicht darum kümmerte. Sie lächelte sogar zurück. Ich glaube, sie war eine der McArdle-Töchter, die auf der Schule drei oder vier Klassen unter mir gewesen war.

Hinter dem Town Square, ein Stückchen die Grace Avenue hinab, hielt ich vor Slagers Schnapsladen. Ich hoffte, hinein- und herausspazieren zu können, ohne jemanden zu treffen, mit dem ich quatschen mußte. In West Table redet jeder mit jedem, und ein Zehn-Minuten-Einkauf im Haushaltswarenladen kann sich auf anderthalb Stunden ausgähnen, in denen man langatmig über den Schweinepreis schwatzt, und über Cousine Fannies Ärger mit der Gicht, und über Stellen, wo die Fische beißen, und über Läden, wo die alten Säcke damals hingingen, und wo, glaub mir, Junge, die Mädels aus Memphis *nicht* bissen. So ist das Leben hier, wie es auf den ersten Blick wirkt, sei's drum. Aber hinter dem Lächeln, den schlichten Umgangsformen und der üblichen amerikanischen Gefühlsduselei verbirgt sich eine völlig andere Seite des Lebens, eine dunklere, halb gesetzlose Hillbillyseite. Das hat mich an meiner Heimat immer gereizt, so wie alle Redmonds und Dawes, von denen ich abstamme, und davor hatte ich Respekt.

Mr. Slager stand hinter dem Verkaufstresen seines Schnapsladens. Er war ein adretter kleiner Bantamgewichtler, der in die Jahre gekommen war und ein Faible für militärische Kleidung hatte. Er trug stets Hemden mit Schulterklappen oder wenigstens in Tarnfarben. Er war einer dieser Typen, denen es schon Spaß macht, ihre mit Spucke auf Hochglanz polierten Schuhe unter Röcke zu postieren und dabei die Schuhspitze im Auge zu behalten. Slager war eine ehrliche alte Haut, und wie er in seiner Uniform des Tages am Schaufenster stand, hatte er etwas Wehmütiges an sich, das mir das Gefühl gab, er glaube, ungerechterweise einen harten Kampfeinsatz, damals am Pork Chop Hill – oder eine andere Schlacht dieses Jahrgangs –, überlebt zu haben.

Im Laden war es dank der Klimaanlage zwanzig Grad kühler als draußen, und mein Schweiß wurde augenblicklich kalt. Als die schwere Tür hinter mir ins Schloß fiel, sagte Slager: «Hey.»

«Wie geht's, Mister Slager?»

Er schien mich nicht zu erkennen, schließlich war ich auch eine ganze Weile weggewesen.

«Kann mich nicht beschweren», sagte er und musterte mich eingehend. «Wer bist du denn … Hey, du bist einer von Pandas, äh, Enkeln, oder?»

«Stimmt. Doyle Redmond.»

Er beugte sich vor, als wolle er meine Uniform überprüfen, nahm dann wieder Haltung an und stand kerzengerade.

«Mein Gott», sagte er. «Du bist es. Der Pferdeschwanz hat mich durcheinandergebracht. Und der Bart da … Das ist ein … Wie nennt man das wieder? Zickenbart, hä?»

«'ne Art Zickenbart, und auch wieder nicht. Ich hätte gern 'ne Flasche Johnnie Walker Red.»

«Haben wir», sagte Slager. Er wirbelte herum, langte nach der Flasche, drehte sich wieder und stellte sie auf den Tresen. «Scotch», murmelte er. «Kann ich ja nich ab.»

«Das ist 'ne Gewöhnungsfrage», sagte ich. «Wenn man

erst mal Geschmack dran gefunden hat, gibt's kein Zurück mehr.»

«Meinen viele», sagte er. «Ich weiß, daß der olle Panda den gern trinkt. Ich wußte nur nich, daß ihr Beatniks den auch mögt.»

Ich ging nicht auf den Beatnik-Spruch ein und fragte mich, ob sich Slager nie einen Fernseher gekauft hatte oder so, denn dieses ganze Beatnik-Zeug gab's ungefähr, als ich geboren wurde.

«Was kostet der Spaß, Mister Slager?»

«Der ist nicht billig», antwortete er. «Scotch – für mich ist das Schnickschnack. Neunzehn Dollar.»

Hinter der Registrierkasse hing ein Bierwerbeplakat, das vor Alkohol im Straßenverkehr warnte, aber es war das große Glas Bier, was herausstach und lockte. Auf dem Tresen klebte ein Bush-Quayle-Sticker, und ich legte zwanzig von den zweihundert Dollar hin, mit denen mich meine Alten versorgt hatten.

Slager schnappte sich den Geldschein und tippte den Betrag in die Kasse ein.

«Obwohl ich immer mehr von dem Zeug verkaufe», sagte er.

«Jetzt bin ich wieder da. Halten Sie den auf Lager.»

«Mach ich schon für Panda.»

Ich nahm das Wechselgeld und die Tüte mit der Flasche und ging zur Tür.

«Machen Sie's gut.»

«Grüß mir Panda.»

«Werd ich tun», sagte ich. Als ich wieder hinterm Steuer saß, starrte Slager aus dem Fenster, hinüber zum Pork Chop Hill oder so, und malte sich aus, wie er mit seinen tapferen Kameraden den Heldentod starb, anstatt immer weiterzuleben, ohne besonderen Grund, außer sich *semper fidelis* und einsam und schuldig zu fühlen.

Pandas Haus befand sich am Stadtrand, nur ein paar Häuserblocks hinter Slager's die Grace Avenue hinab, und es ruhte auf einer steilen Anhöhe über dem städtischen Friedhof und überragte den Totenacker beinahe. Als ich in die Kiesauffahrt einbog, erblickte ich meinen Grandpa, den alten Sportsmann, an der Tür zur Seitenveranda, mit einer Zigarre im Mund und einem Gewehr in der Hand. Als seine Knie klapprig wurden, hatte er es zu seinem Hobby gemacht, an der Tür rumzulungern und aufs Geratewohl auf die vielen Eichhörnchen zu schießen, die zwischen den mächtigen grünen Friedhofseichen hin und her liefen. Daß zwischen den Grabsteinen immer noch zahlreiche Eichhörnchen am Leben sind, zeigt, wie viele Jahre Panda auf dem Buckel hat – denn es hat Zeiten gegeben, da traf er alles, worauf er schoß. Ab und an erwischt er ein Auto, das über den Friedhof fährt, und irgendein armer Depp klopft bei ihm an, um sich zu beschweren, und geht dann in einem von Pandas spektakulär-schwachsinnigen Redeschwällen unter, die normalerweise damit enden, daß der Kerl mit dem beschädigten Wagen sich entschuldigt und anbietet, ein paar frischgepflückte Tomaten aus seinem Garten vorbeizubringen. Panda ist ein wahres Arschloch von einem alten Knacker, und sein Charakter hat etwas sehr Fieses und etwas sehr Witziges, und allzuoft ist beides nicht auseinanderzuhalten. Er erzählt Witze, die verletzend sind, über die man aber trotzdem lacht. Manchmal.

Ich nahm die Flasche aus dem Wagen und ging über den Hof zur Seitenveranda, und Panda hörte mich und blickte herüber. Er stellte das Gewehr mit dem Kolben auf den

Boden, und seine Lippen schoben die Zigarre in den anderen Mundwinkel. Seine ersten Worte waren: «Hübscher Pferdeschwanz. Erinnert mich an Liz Taylor in *National Velvet.*»

«Komm mir nicht so, Panda.»

«Das ist wahr. Deiner ist vielleicht sogar hübscher als ihrer ... mädchenhafter.»

Ich hielt die eingepackte Flasche hoch. «Ich hab 'n bißchen Johnnie Red dabei.»

Panda trug ein weißes ärmelloses Unterhemd und eine Khakihose. Er machte eine Show daraus, mir die Tür aufzuhalten.

«Du bist stets willkommen, Doyle», sagte er. Sein Akzent ist stärker als meiner, üppiger und sonorer, und klingt beinahe, als käme er aus dem Mississippidelta. «Nich so willkommen wie Johnnie Red, aber willkommener als sonst irgendein dahergelaufener Hippie.»

«Blut ist dicker als Wasser und so», sagte ich. Sein Hippiespruch kommt zwanzig Jahre zu spät, und ich frage mich, was für zeitentrückte Gespräche er und Slager wohl führen – der eine hängt in einem Raum-Zeit-Kontinuum fest, wo man mit einem «Zickenbart» ein Beatnik ist, und der andere denkt beim Haarschnitt seines fünfunddreißigjährigen Enkels immer noch an schwule Hippie-Teenager-Rebellion. Mir war eine Weile nicht nach Haareschneiden, mehr ist über meine Frisur nicht zu sagen. Und außerdem hat heutzutage in den Ozarks jeder dritte Holzfäller lange Haare und einen Bart – aber für Panda ist das vermutlich der Beweis dafür, daß die Woodstock-Revolution ihn umzingelt hat. Er selbst ist glattrasiert und hat einen Bürstenhaarschnitt.

Ich setzte mich an den Küchentisch, sagte «Schön, dich zu sehn» und hoffte, daß sich das bewahrheiten würde.

«Ja, klar ... gleichfalls», sagte er. Er vergrub seine knorrigen Hände in dem Schrank über der Spüle und kam dann mit zwei verstaubten Gläsern an den Tisch. Sein Gang war unregelmäßig, das Humpeln brachte den Rhythmus seiner Schritte durcheinander. «Nimmst du Eis?»

Ich will es ihm gern rechtmachen, aber ich weiß nicht, ob es auf diese Frage eine richtige Antwort gibt. Dann fällt mir ein, daß Eis in seinem Lexikon der Männereigenschaften wahrscheinlich unter Weichei aufgelistet ist, also hab ich genau das gesagt, bin einfach damit rausgeplatzt, der Hang der Redmonds zu kleinlichen Reibereien schlug auch bei mir durch. «Ein paar Würfel wären okay.»

«So trink ich den auch», sagte er und hatte mich ausgetrickst. Er riß die Kühlschranktür auf, schnappte sich eine blaue Eisschale und setzte sich dann mir gegenüber an den Tisch. In der Küche war es so schummrig wie im ganzen Erdgeschoß – vermutlich waren die Vorhänge zugezogen, damit die Nachbarn nicht hereinschauen konnten. Selbst aus einem knappen Meter Entfernung konnte ich nur seine Silhouette erkennen. Für einen Mann von über achtzig Jahren wirkte sie immer noch kräftig und aufrecht. Sein Umriß saß einen Moment still, und dann hörte ich seine Stimme sagen: «Also gut, dann laß mal den Verschluß knacken, Junge.»

Ich zog die Flasche zu mir rüber, schraubte sie auf und goß Johnnie Red über das Eis, und nur ein paar Schluck später kamen wir prima miteinander klar, und ich wußte, daß ich das alte Arschloch in der dunklen Silhouette liebte – komme, was da wolle.

Nach allem, was man hörte, war Panda als alter Mann ein besserer Mensch denn als junger. Ich hätte ihn mit zweiundzwanzig oder dreißig oder selbst mit vierzig nicht ausstehen können, denke ich mal – Blutsverwandter hin oder her. Er konnte sich ein paar Jahre lang austoben, als er mit dem Boxen anfing, und soweit ich weiß, war er ein Rummelplatz-Schwergewichtler. Das war zu der Zeit, als ein 85-Kilo-Mann noch als schwerer Klopper galt. Panda war Ende der zwanziger bis in die dreißiger Jahre im Getreidegürtel als Schwergewichtler bekannt. Er prügelte sich in Tulsa mit Indian Jack Roberts, in Memphis mit Bearcat Lee, in Omaha mit Cowboy Hussel, in Hot Springs mit Willie Perroni und in Kansas City mit Johnny Risko. Das waren seine großen Kämpfe. Die kleinen fanden auf Herrenabenden in Kleinstädten und auf Jahrmärkten in Sedalia, Mountain Home, Joplin oder so statt. Er boxte einen komischen, geduckten Stil mit gekreuzten Armen, den er immer noch gern vorführte. Bei dieser merkwürdigen Körperhaltung hing Sieg oder Niederlage hauptsächlich von seinem großartigen linken Haken ab. Zu einer Zeit, als weiße Boxer guten schwarzen Boxern lieber aus dem Weg gingen, tat Panda das nicht. Er trat gegen jeden an, der sich mit ihm messen wollte, aber sprach darüber in einer Weise, die dieser demokratischen Geste jeglichen Glanz nahm: «Mit einem Nigger werd ich im Handumdrehen fertig.» Wie seine Kampfbilanz wirklich aussieht, weiß man nicht, obwohl er mir mal erzählt hat, er hätte fünfunddreißig Kämpfe geboxt, und davon fünfundzwanzig gewonnen, ein halbes Dutzend verloren, und ein paar wären unentschieden ausgegangen. Er sagte, er hätte 'ne Menge Typen k.o. geschlagen, aber nicht gezählt, wieviel. Was mir immer rätselhaft blieb, war, daß mir sein lebenslanger Kumpan Jimmy Ware, der auch sein Coach und Sparringspartner gewesen war, einmal eine merkwürdige Sache erzählte, die ich mit Pandas Charakter nicht in Einklang bringen kann: daß nämlich Pandas wahre Kampfbilanz eher bei vierzig oder zweiundvierzig Siegen läge, bei sieben Niederlagen, sechs Unentschieden und über dreißig K.O.s. Bescheidenheit, was seine Leistungen anging, konnte ich mit dem Panda, den ich kannte, nicht unter einen Hut bringen. Er war nicht eben jemand, der sein Licht unter den Scheffel stellte. Ich glaube, ich habe ihn in einem meiner vorherigen Leben boxen gesehen, aber ich brach die Regressionstherapie ab, ohne zu erfahren, ob er was auf die Schnauze gekriegt oder seinen Gegner plattgemacht hatte. Mein Therapeut war überzeugt, ich hätte direkt am Ring gesessen, mindestens. Seine wahre Kampfbilanz ließe sich vermutlich auf den vergilbten Sportseiten der Kleinstadtgazetten finden. Ich hatte immer vor, eines Tages Nachforschungen anzustellen und das rauszufinden.

Es sieht Panda schon ähnlicher, daß er auf die Preisgelder nicht angewiesen war, sondern einfach zum Spaß boxte. Als er seine Karriere begann, waren die Redmonds noch eine wohlhabende Familie – jedenfalls nach Howl-County-Maßstäben. Aus dieser Zeit gibt es diverse Fotos von Panda, auf denen er stets wie ein Stutzer aus Kansas City gekleidet ist, und nicht wie der vagabundierende Hinterwäldler, der er war. Er fuhr in einem neuen Ford zu seinen Kämpfen, und Jimmy Ware war immer dabei, versorgte seine Wunden und hielt ihm den Spuckeimer hin. Ich stelle sie mir gern in ihren großen Tagen vor, wie sie in einem Ford, der noch nach Fabrik riecht, von Stadt zu Stadt brettern und Selbstgebrannten aus einem schicken Flachmann trinken – zwei knallharte Ozark-Burschen draußen in der großen, weiten Welt, unterwegs zu neuen Abenteuern.

Ein paar Jahre nachdem Panda die Boxhandschuhe an

den Nagel gehängt hatte und seßhaft geworden war, ließ ihm sein Dad Manfred den Redmond-Grundbesitz überschreiben. In den Redmond-Ländereien steckte damals viel Arbeit; es waren über siebenhundert Hektar Ozark-Weiden und -Wälder, eine Fläche, die den Redmonds seit den ersten Jahren nach dem Bürgerkrieg viel Geld eingebracht hatte. Unser Land begann damals, wo das Haus heute noch steht, erstreckte sich über die Fläche, die inzwischen den neuen Teil des Friedhofs ausmacht, bis hin zu einem kleinen, schlammbraunen Fluß, der The Howl heißt und die Ostgrenze des ganzen schönen Landes markiert, das einmal in unserem Besitz war.

Dieses Land war unser Eigentum, bis Panda für ein paar entscheidende Sekunden den Verstand verlor und auf dem Town Square von West Table einen armen Blödmann erschoß. Er feuerte die Schüsse während eines samstäglichen Viehverkaufs ab, so daß es lediglich sieben- bis achthundert Augenzeugen gab. Dieser schwachsinnige Mord ereignete sich 1950, nur ein paar Jahre vor meiner Geburt, und ich glaube, er hat mein Leben und das von General Jo und Smoke in einer Weise geprägt, die nicht bewiesen, aber erahnt, gefühlt, vielleicht auch nur imaginiert werden kann. Wie wäre unser Leben verlaufen, wenn wir immer noch wohlhabend wären und nicht so widerborstig, weil wir zu weißem Abschaum verkommen sind?

Der Mann, auf den Panda schoß – dreimal, einmal davon selbst noch, als der am Boden lag und um Gnade flehte –, hieß Logan Dolly, und niemand hätte ihn für etwas anderes als ein wertloses Stück Scheiße gehalten. Aber trotzdem hatten schließlich alle den zweiten und dritten Schuß gesehen. Als der damalige Sheriff Carl Tucker sich zu Panda durchgedrängelt hatte, meinte er: «Der erste Schuß hätte vielleicht einen Helden aus dir gemacht, aber für den zweiten und dritten wirst du dran glauben müssen.»

Pandas Mom lebte noch, und sie konnte den Gedanken nicht ertragen, daß ihr einziger überlebender Sohn oben in Jefferson City lebenslänglich absitzen sollte. Sie hatte Beziehungen. Die Redmonds und alle Verwandten aus der Gegend hier hatten Beziehungen – also wurden das Land, unser Land, und all unsere Schweine, Rinder und Maschinen unter Wert verkauft, um mit dem Geld die Mühlen der Justiz zu schmieren. Das Geld bekamen zwei Anwälte, zwei Richter, ein Behördenvertreter, ein Kongreßabgeordneter, Sheriff Tucker, mehrere Hauptbelastungszeugen und die Familie des toten Dolly, die vermutlich fand, daß sie einen ganz ordentlichen Preis für Logan bekommen hatte. Ein paar Wochen nach dem Mord wurde auf Notwehr entschieden. Panda kam ungeschoren davon, und wo er anschließend auftauchte, ließen ihm die Leute jede Menge Ellenbogenfreiheit.

Mir hat nie jemand erzählt, warum er das getan hat. Niemand antwortete auf meine Fragen zu diesem Thema, auch Mom und General Jo nicht. Vermutlich würde Pandas Untat, kämen die Fakten auf den Tisch, unglaublich jämmerlich dastehen, möglicherweise durch nichts zu rechtfertigen.

Aber unser komplettes Erbe, der Redmond-Besitz, der über Generationen aufgebaut worden war, ging als Schmiergeld den Bach runter, wegen drei Fingerzuckungen, die Panda nicht unter Kontrolle hatte.

2 Der Katzenwels sieht lecker aus

Die Flasche Johnnie Red war tief im Süden angelangt, und die Sonne war dabei, über den Rand der Welt zu rutschen. Ich hatte ein paar Vorhänge aufgezogen, um etwas Licht hereinzulassen, und Panda stand an der Spüle, steifbeinig, aber mit dem Oberkörper und den Armen fintierte er, duckte sich und schlug mit kurzen, altersschwachen Haken nach einem fiesen Phantomgegner, der damals in den großen Tagen Pandas Tricks durchschaut hatte. In der Regressionstherapie, die ich meiner Frau zuliebe begann, schien es eine Zeitlang so, als hätte ich in einem früheren Leben tatsächlich gegen Panda gekämpft, aber dann tauchte in den verschwommenen Erinnerungen eine Eintrittskarte in meiner damaligen Hand auf. Sonst hätte ich das sein können, den Panda da gern verdroschen hätte. Für einen Achtzigjährigen hatte er sich ordentlich in Schweiß geboxt. Aus seinem Mund ragte ein zerkauter Zigarrenstummel, der wie ein Ein-Aus-Knopf aussah.

Plötzlich hört er auf, das Phantom zu vermöbeln, das nicht ich bin, und sieht mich mit seinen betrunkenen blauen Augen an.

«Was haste denn für Ärger?»

«Ich hab keinen Ärger.»

«*Keinen* Ärger?»

«Nicht wirklich, soweit ich weiß.»

Panda wägte meine Antwort einen Moment lang ab, und der Zigarrenstummel zuckte rhythmisch. «Mit der Scheiße kommste bei mir nich durch, Junge.»

Es gefiel mir irgendwie, Junge genannt zu werden. Das gab mir das Gefühl, als hätte ich wieder hundert Prozent meines Haupthaars und ein langes, glückliches Leben vor mir statt eine vielversprechende Zukunft hinter mir.

«Das ist mein Bier», sagte ich.

«Biste noch verheiratet?»

«Nur auf dem Papier», sagte ich. «Das Thema ist tabu, Panda.»

Er legte sich die Hände an den Mund und drückte die Wangen zusammen, was einen komisch-kläglichen Gesichtsausdruck ergab.

«Oooh, l'amour, l'amour», seufzte er so, wie er sich einen mitleiderregenden Franzosen vorstellte, und wechselte dann zu etwas, was wohl ein italienischer Einwanderer sein sollte: «Wo bissu, wenn isch misch so sähr nach dir sähne.»

Ich ließ die Eiswürfel in meinem Glas klirren und sagte: «Irgendwas in der Richtung.»

Panda kam an den Tisch und ließ sich auf seinen Stuhl fallen.

«Ist immer in der Richtung», sagte er. Er betrachtete die Flasche und den Aschenbecher voller Luckies-Kippen. «Wir sollten mal ans Essen denken, und ich weiß auch schon, was ich uns brutzeln will.»

«Okay, sag's mir.»

«Leckeren, fetten Wels.»

«Soll ich zum Laden fahren?»

«Was? Scheiße, nein. Leckeren, fetten Wels, frisch aus dem Howl da hinten.»

«Hey, Junge», sagte ich und lachte. «Den Angelausflug hab ich schon kommen sehen, als du gesagt hast: ‹Dann laß mal den Verschluß knacken, Junge.›»

Panda war nicht gut zu Fuß, also mußte ich fahren. Er saß auf dem Beifahrersitz, einen Schwarzdornstock zwischen den Beinen, und warf mir bei jedem kleinen Ruckeln vorwurfsvolle Blicke zu, als würde ich jeden Hubbel auf der Straße völlig falsch angehen. Mit Pandas Gesicht im Bug hätte jedes Schiff überall freie Fahrt gehabt. Er hat die typische Boxernase, einen Zinken, den sechshundert kurze Gerade, denen er nicht ausgewichen war, achtlos zu einem unvergeßlichen, angsteinflößenden Klumpen geformt haben. Weil er zwei Zentimeter über den Nasenlöchern eine kleine Beule hat, kann man seine Nase nicht schlicht als «plattgekloppt» bezeichnen. Jimmy Ware hat sich mit den zahlreichen Rissen in Pandas Gesichtshaut viel Mühe gegeben, besonders mit denen um die Augen, aber trotzdem sind seine Augenbrauen von kahlen Fältchen durchzogen, und die merkwürdig geformten Kerben auf seinen Wangen und Lippen sehen jetzt im Alter noch merkwürdiger aus. Er hat das Gesicht eines Mannes, der früh sein Faible für Schmerz und allmähliche Entstellung entdeckt hat und nie den Qualen begegnet ist, von denen er nicht hätte mehr haben wollen. Er ist durchdrungen von einer Mentalität, die seinem Gesicht diesen finsteren «Verpiß dich, du Penner»-Ausdruck verleiht. Seine hellblauen Augen blitzen schlau, und an seinem glühenden Blick erkennt man den unverschämt gemeinen und durch nichts zu beeindruckenden Mut dieses Menschen.

Das heißt, er ist ein Bild von einem Großvater, nach Redmond-Maßstäben jedenfalls.

Ich nahm den Weg über den neuen Teil des Friedhofs, die Toten lagen demokratisch aufgereiht über eine Anhöhe hinweg und durch eine Mulde, in der sich früher unsere Schweine gesuhlt hatten. Dann fuhr ich ein paar hundert Meter die Jewel Road runter, bis wir an den Privatweg des Typen kamen, dem jetzt der Großteil unseres Landes gehörte. Er hatte alles mit einem hübschen weißen Jägerzaun umgeben, und die einzige Möglichkeit, von hier zum Howl zu gelangen, war diesen Weg hoch und anschließend mit dem Volvo quer durch den tadellos gepflegten Garten.

Das Haus ist eine Villa, gewissermaßen aus Hähnchenschenkeln erbaut. Es ist ein großes, eindrucksvolles Stück Architektur, auch wenn Panda es bloß für eine aufgemotzte Landbesetzerhütte hält. Der berüchtigte Besitzer, Sam T. Byrum, hat in den Siebzigern eine Unmenge Geld gemacht, als die Angst vor rotem Fleisch umging und seine Geflügelfarmen boomten. Byrum, oder vielleicht auch seine Frau Helene, hatte einen tiefreichenden «Vom Winde verweht»-Fimmel, und das Haus wird von denselben aristokratischen weißen Säulen gestützt wie das gute alte Tara, dem die Yankees in dem Streifen so übel mitspielen. Die Macht des Kinos hat dieses Haus hervorgebracht, dachte ich, und trotz meiner atavistischen Anhänglichkeit zu dem Flecken Erde, auf dem es steht, beeindruckte mich der Laden. Die Auffahrt ist von weißen Backsteinmauern eingerahmt, und obwohl das Tor offenstand, konnte ich sehen, daß daran ein verschnörkeltes Messingschild mit der Aufschrift TARARUM befestigt war – nicht eben die originellste Kombination aus «Byrum» und «Tara».

Ich hielt vor der Auffahrt, und plötzlich war Pandas Blick so was von verschleiert.

«Fahr weiter», sagte er.

«Was?»

«Fahr weiter, hab ich gesagt.» Er schlug mit dem Schwarzdornstock ein paarmal auf den Boden. «Fahr zum Howl.»

Das war wieder so ein Augenblick, geradezu ein Musterbeispiel dafür, wie die Redmonds und das gesellschaftlich akzeptierte Mittelmaß auseinanderdriften. Der Volvo, das war mir klar, gehörte mir im Grunde nicht und war möglicherweise als gestohlen gemeldet; auf dem Armaturenbrett lag eine unverpackte Flasche Johnnie Red und auf dem Rücksitz der blaue Kissenbezug mit dem Ladystinger drin, und genaugenommen war dieses Land seit bald vierzig Jahren nicht mehr in unserem Besitz. Aber wir Redmonds haben uns unsere ätzende Familiengeschichte nicht eingehandelt, indem wir widerspruchslos dem Pfad der Tugend gefolgt sind. Schließlich steckt zwischen unseren Ohren eine eigene Redmond-Welt aus liebgewonnenen Legenden und Lügen, Fakten und Erinnerungen und ererbten Animositäten.

Schnitt: Ich, nackt im Howl River, das braune Wasser pißwarm. Panda hatte sich auf der Motorhaube des Volvo niedergelassen, um mir, dem Anfänger, beizubringen, wie man fischt. Von Tararum her führten deutlich sichtbare Reifenspuren am Swimmingpool, den Blumenrabatten und den sexy Statuen vorbei zu der Stelle, an der der grüne Volvo stand.

«Sei keine Schwuchtel», sagte Panda. «Faß in die Schlammlöcher an der Sandbank. Da hocken die Welse, wenn's so heiß ist wie heute.»

Diese Art zu fischen, mit den Händen, ist verboten. Die Strafe beträgt um die fünfhundert Dollar, aber Panda liebte es, und Männer seines Alters hier auf dem Land waren herausragend darin. Ich war nicht herausragend darin. Es machte mir nicht mal Spaß, blind unter Baumstämme und in Schlammlöcher zu langen: Ich bin mit einem Übermaß an Phantasie geschlagen. Während meine Hände in den Kuhlen rumfummelten, rauschten mir lebhafte Bilder durch den Kopf – Bilder von Lebewesen, die weder ganz Fisch noch ganz Schlange waren, sondern bissige, schuppige Fleischfresser, die seit Äonen in den Schlammlöchern hausten und gleich meine schmackhaften Finger verspeisen würden. Alle möglichen Dorflegenden über Fischer, die von teuflischen, riesigen Welsen in die Tiefe gerissen und ertränkt oder von messerscharfen Flossen zu Aufschnitt verarbeitet wurden (einige dieser Geschichten sind belegt), machten Uuuh! in meinem Hirn.

Ich hatte rein zufällig schnell einen zweipfündigen Katzenwels gefangen, und ich blickte immer wieder zu ihm rüber, wie er auf dem grasbewachsenen Ufer lag und zu Pandas Füßen zappelte, und ich dachte: Der reicht für zwei.

«Plansch nich rum», schrie Panda. «Junge, auf die Tour kriegst du keinen.»

«Ich plansche nicht.»

«Dich hat die Stadt verdorben. Du hast keine Ahnung mehr vom Fischen.»

Er wollte einen Monsterwels, und ich, ganz ehrlich, war glücklich über den Zweipfünder. Die Sonne ging bald unter, aber es gab noch ein Gewirr von Treibholz, aufgestaut an einer Sandbank, und dort hatte ich es noch nicht probiert. Also glitschte ich dorthin, und meine Füße versanken im Modder. Als ich die Stelle erreichte, flitzte in Kniehöhe etwas daraus hervor, streifte mich wie eine Katze in einem dunklen Raum, aber es war schleimig und groß, und ich hatte nur den einen schrecklichen Gedanken, daß meine Weichteile dort wie Teigbällchenköder baumelten, und ich hechtete in den Fluß zurück und schwamm, wild strampelnd, fort.

Ich zog mich auf das schlickige Ufer und sagte: «Der Katzenwels reicht dicke.»

Dann sah ich den Sheriff, der zu Fuß den Reifenspuren folgte, und Mrs. Byrum stand hinter ihm am Pool. Helene Byrum war eine hinreißende Blondine, vermutlich schon über vierzig, aber immer noch eine reiche, gepflegte, distinguierte Erscheinung. Sie trug ein blendendweißes, hauchdünnes, figurbetontes Kleid, sehr schön und elegant; aber ihre Körpersprache war eindeutig und schrie förmlich: Verpißt euch von *meinem* Boden, ihr Proll-Schweine!

Der Sheriff war ein großer, schlanker knallharter Kerl und nur ein paar Jahre älter als ich. Er hatte einen breiten Schnauzbart, den er offenbar abgöttisch liebte, denn er war perfekt gestutzt und zeigte, daß der Sheriff nicht nur mit Schere und Bartwichse umzugehen wußte, sondern sich auch einbildete, ein Nachkomme der berühmten schnauzbärtigen Wild-West-Gesetzeshüter zu sein, die unerschütterlich ihren Mann gestanden und im Dienste der Öffentlichkeit endlos vielen Prolls und Bastarden von Hühnerdieben in den Arsch geschossen hatten. Er kam den Hügel herab, und der schwere Dienstrevolver schlug ihm gegen den Oberschenkel. Sein Name war Terence (in keinem Fall Terry) Lilley, und er war um acht Ecken mit den Redmonds verwandt.

«Verdammt noch mal, Panda», sagte er, als er nah genug herangekommen war. Seine Stimme war dünner, als man erwartet hätte, hoch und krächzend, aber seine Miene war streng. «Du bist gewarnt worden, dich hier nicht blicken zu lassen.»

Panda blickte ihm starr ins Gesicht.

«Ich bin alt und klapprig im Kopf», sagte er. «Behalt nix mehr.» Er stieß sich mit einem Finger an die Stirn. «Weiß nich mehr, was man tun und lassen soll.»

«Die Lady ist stinksauer», sagte Terence, und dann erblickte er mich, wie ich über die Uferböschung kam – nackt. «Und wer ist *das*? Der Nacktarsch da, der wie 'n schwappender Schlammkübel grinst?»

«Doyle», sagte ich. «Redmond.»

Terence nickte kurz und zwirbelte an seinem Schnäuzer ein paar Härchen zurecht.

«Oh, natürlich. Doyle, der kleine Redmond.»

In Stiefeln bin ich eins neunzig groß und schleppe neunzig Kilo mit mir rum, aber für viele Leute hier bin ich trotzdem immer noch Smokes kleiner Bruder. Ich stand da und schüttelte wie ein Hund das Wasser ab. Ich roch gediegen nach Howl River, aber das ist ein Gestank, den ich nie hassen konnte. Ich stieg in meine Jeans, und mir fiel auf, daß Helene, oben auf dem Hügel, nicht einen Moment den Blick von mir abgewandt hatte und auch nicht hochnäsig-elegant in Ohnmacht gefallen war. Vielmehr hielt sie sich eine Hand über die Augen, um weit entfernte Objekte besser zu erkennen.

Ich packte meine Lustwerkzeuge und macht eine Show daraus, die letzten Tropfen abzuschütteln. Ich ließ es nach Schwerstarbeit aussehen.

Als ich die Jeans hochzog, ließ sie die Hand sinken.

Sie war mir mit einemmal schwer sympathisch, und die tiefe sozioökonomische Kluft zwischen uns schien zu einer kleinen Spalte zu schrumpfen, die ich mit einem beherzten Sprung hätte überwinden können.

Sheriff Lilley schlenderte um den Volvo und besah sich in dem schwindenden Licht die schlechte Lackierung.

«Wer hat den lackiert?»

«Ach, den Namen hab ich vergessen.»

«Hier aus der Gegend?»

«Kansas City.»

«Würd ich verklagen», sagte er. Er trat ein paar Schritte von dem Volvo und der beschissenen Lackierung zurück, die General Jo und ich verbrochen hatten, als wir Gelb mit Blau überspritzen wollten. «So 'n Lack haste, wenn Kinder 'n Wagen geklaut ham, oder so.»

«Mir gefällt er», sagte ich. «Mal was anderes.»

«Mal was anderes. In der Tat», sagte er. Dann sah er mir in die Augen und sagte: «Wenn du Smoke triffst – und ich weiß, du triffst ihn –, sag ihm, er soll die Sache mit den Bullen in Kansas klären. Die haben zweimal 'n Kerl runtergeschickt, und die gehn mir echt auf'n Sack.»

«Wenn ich ihn sehe, werd ich's ihm sagen.»

«Red keinen Stuß. Du wirst ihn treffen. *Ich* hab ihn ein paarmal getroffen, und ich könnt ihn wieder finden, wenn's mir nich scheißegal wär, was er in der Stadt angestellt hat.»

Ich schätze, Sheriff Lilleys mangelnde Entschlossenheit, was Smoke angeht, hängt damit zusammen, daß wir Arschvettern sind. Ein Arschvetter ist auch ein Vetter, na klar, aber es ist eine derart entfernte, schwer zurückzuverfolgende Verwandtschaft, daß solche Vettern Arschvettern genannt werden. Das heißt nicht, daß man befreundet ist, sich Weihnachtskarten schickt oder irgend so was. Es bedeutet, daß man irgendwie verwandt ist, und irgendwie verwandt zu sein ist in den Ozarks alles andere als belanglos.

«Weißt du», sagte er, «meine Frau hat mal eins von deinen Büchern angeschleppt, Doyle. Sie liest viel. Ich nich so. Ich hab's nicht zu Ende gelesen. Zuviel Gewalt und Schwachsinn.»

Ich stand da und steckte sie ein, diese Kurzkritik von einem Sheriff, der sich mal bis auf die Knochen blamiert hatte, als er auf einem Wahlplakat statt «Verbrechensbekämpfung» «Verbrechensbedämpfung» schrieb. Aber ich hatte gelernt, bei solchen Banausen ganz ruhig zu bleiben.

«Und was dich angeht», sagte er und wandte sich an Panda. «Das war das letzte Mal, daß ich dich dabei erwische, wie du unbefugt den Boden der Byrums betrittst, ohne dich einzukassieren. Das ist mein Ernst, Panda, verdammt noch mal. Ich weiß, du bist ein alter Mann, aber das nächste Mal steck ich deinen Arsch hinter Gitter.»

«Ich würd's drei Monate mit einer Zigarre aushalten», sagte Panda.

«Dann probieren wir das beim nächstenmal aus.»

Ich hob den Katzenwels mit einem Griff in die Kiemen auf, was ich wohl besser gelassen hätte.

«Der Fisch ist widerrechtlich gefangen», sagte Sheriff Lilley. Er kam ein bißchen näher und warf einen Blick auf den Wels. Da war ordentlich was dran, und er war noch ganz frisch. «Dafür könnte ich euch beide sofort in den Bau stekken. Aber ich muß nach Hause.» Er hielt mir die Hand entgegen, und ich überließ ihm den Fisch. «Ich werd über eure Verbrechen hinwegsehen, wenn ihr sofort eure Ärsche hier wegschafft. Weil ... Junge, Junge, der Katzenwels sieht lekker aus.»

3 Züngelnde Flammen

Jedesmal, wenn Smoke und ich uns begegneten, schien dabei nichts sonderlich Ersprießliches rauszukommen. Als Teenager waren wir wie Autos, die unvermeidlich, beinah allnächtlich, aufeinanderkrachten, an jener immergleichen alten Kreuzung, wo Hormone und Schnaps zusammentreffen. Ich hatte wohl gedacht, wir Brüder wären nach all den Jahren weniger jähzornige Gefährten; aber ich bin mir nicht sicher, ob mich an diesem Familienauftrag nicht doch die möglichen Gefahren reizten.

An diesem Morgen war es schon beim Frühstück heiß. Eine leichte, heiße Brise trug den Geruch der Futtertröge herüber, ein ziemlicher Gestank, von dem die Rinderzüchter sagen, er rieche nach Geld. Es lag jede Menge Zaster in der Luft. Hin und wieder, wenn sich der Wind etwas legte, konnte man das Vieh in den Pferchen laut muhen hören.

Ich machte mich auf den Weg, um mit Hilfe von Pandas Beschreibung Smoke zu finden. Es würde keine lange Fahrt werden, aber eine, die mich in die abgelegenste Gegend unserer ehemaligen Ländereien führte, und das ist für mich eine Art Gang zur Kirche.

Ich fuhr langsam eine Schotterpiste entlang, die von der

Jewel Road abzweigte, und die Bäume zu beiden Seiten hatten die Äste ineinandergeschoben, um eine weltliche Kathedrale aus Zweigen und Laub zu formen. An einer Stelle stand die Straße unter Wasser, und ich hatte einen flachen Bach zu durchqueren, danach hielt ich nach der ersten Abzweigung Richtung Süden Ausschau.

An ebenjenem ersten Weg in südliche Richtung – ob zufällig oder als dunkle Andeutung der Natur, wird mir immer ein Rätsel bleiben – lag ein überfahrenes Tier. Der Kadaver war haarig und lag platt in ganzer Länge da, alle viere von sich gestreckt. Es war ein Kojote, und sein gelbliches Fell war am Brustkorb aufgerissen und wimmelte von Maden, so daß es aussah, als atmete er, aufgerissen oder nicht. Eine Stimme aus einem meiner vorherigen Leben (das Mädchen aus dem antiken Kreta, das Ziegen molk und unfruchtbar war) drang durch den Schleier und sagte: «Sieh genau hin, Imaru!» Imaru nannten sie mich immer, selbst in den Leben, die nicht ganz so alt waren. Dem bloßgelegten Fleisch des Kojoten sah man an, daß alle möglichen niederen Tiere daran genagt und gezerrt hatten, die zu seinen Lebzeiten vor ihm geflohen wären. Ich denke, ich ahnte die Botschaft, aber sie ging hier rein und da raus.

Ich fuhr langsam an dem Kadaver vorbei und weiter den Weg runter. Er war gerade mal breit genug für einen Wagen, und Zweige, Halme und Stiele schlugen gegen den Volvo – knackende, krachende Aufforderungen, umzudrehen und hier abzuhauen. Aber es war keine Stimme, die mich leitete, es war nur ein Geräusch, das alles und nichts bedeuten konnte, wie wenn man nachts unterwegs in Kansas den Bluessender aus Chicago einstellen möchte. Ein paar Töne bekommt man vielleicht mit, aber man weiß nie, aus welchem Song, geschweige denn, daß man den Text verstehen konnte.

Ich ruckelte die Furchen entlang, drängte die Zweige beiseite und fuhr weiter. Wenig später kam ein Haus in Sicht. Es war irgendwie ein Haus in Form eines großen A, aber mit vier Giebeln und einer Veranda aus Zedernholz, und neben der Veranda stand als eine Art Anbau ein altes gelbes Wohnmobil. Die Veranda war teilweise überdacht, und von der Decke hingen alle möglichen Windspiele. Neben dem Geländer standen mannshohe Norfolktannen in Pflanzenkübeln, und als ich vorfuhr, blickten einige Pfauen und Perlhühner, ein paar Katzen und ein Köter zu mir herüber.

Die Pfauen legten mit ihrem üblichen häßlichen Gekreische los.

Ich stieg aus, steckte mir eine Lucky an und setzte mich auf die Motorhaube. Der Köter kam an und wedelte mit gesenktem Schwanz wie mit einem Schneebesen, um mir in seinem Hunde-Kauderwelsch mitzuteilen, daß er meine Überlegenheit anerkannte und Freundschaft schließen wollte. Er war zottelig, Grundfarbe weiß, aber mit Flecken, die wie Ölschlieren auf einer Straße aussahen. Ich streichelte ihn, und er freute sich und sprang hoch, damit ich besser hinter seine Ohren kam. In Sekundenschnelle waren wir die dicksten Freunde.

Dann wurde die Fliegentür aufgerissen, und heraus trat ein Traum von einer Hillbilly-Schönheit. Auf eine gutnachbarliche und überaus reizende Art hielt sie eine Pistole in der Hand. Ihr langes Haar war von reinem Champagnerblond, und sie trug abgeschnittene Jeans und ein T-Shirt, auf dem COUNTRY BEAVER AND THE RHYTHM DRIFTERS stand. Eine weißgerahmte Sonnenbrille verbarg ihre Augen. Ihre roten Cowgirlstiefel züngelten wie Höllenflammen an ihren nackten Beinen empor. Sie musterte mich mit einem interessierten Gesichtsausdruck. Ich bekam den Mund nicht auf, und sie fixierte mich weiter. Schließlich legte sie die Pistole auf das Verandageländer. «Ich weiß, wer du bist.» Sie schob sich die Sonnenbrille auf die Nasenspitze, und ich erblickte zum erstenmal ihre unglaublichen grünen Augen – so klug, furchtlos und ätherisch. «Ich hab dein Foto auf Smokes Büchern gesehn.»

«Tatsächlich?» sagte ich. Das war nicht eben viel, aber ich war froh, meine Stimme zu hören.

«Ich hab sie alle gelesen», sagte sie.

«Tatsächlich?»

«Jedes einzelne. Jedes Wort.»

Sie lehnte sich auf das Geländer und räkelte sich wie eine zutrauliche Katze.

«Tatsächlich?»

«Hast du Angst vor mir?» fragte sie.

«Nein. Nein, ich bin bloß, ich weiß nicht … höflich.»

«So, so. Du bist also Doyle, soviel weiß ich.» Sie ging die Treppe hinab, kam zu mir und streckte mir die Hand entgegen. «Ich bin Niagra», sagte sie, und wir schüttelten uns die Hände. «Niagra Mattux, bloß ist Niagra falsch geschrieben.»

«Tatsächlich?»

«Es fehlt ein *a*. Big Annie hat in der Geburtsanzeige 'n kleinen Fehler gemacht.»

Sie hatte bereits die richtigen Worte gefunden, um jeden Schriftsteller umzuhaun; aber dann war da auch noch sie selbst, ihr Körper. Ich schätzte sie auf siebzehn, obwohl ich so was, je älter ich werde, immer schwieriger beurteilen kann. Ich mußte sie mir wohl von oben bis unten angesehen haben, denn sie fragte: «Siehst du was, was dir gefällt?»

«Die Shorts sind zu kurz», sagte ich, «um 'ne Knarre zu verbergen.»

Niagra lachte und beugte die Hüften, so daß die Shorts noch berückender saßen. Dann schob sie die Hände in die Hosentaschen und grinste.

«Du bist ja ganz schüchtern, Doyle», meinte sie. «Ich hab immer gedacht, ihr Schriftsteller wärt solche Mords-Aufreißer. Nichts dran?»

«Kommt drauf an», sagte ich. Dieses junge Mädchen ließ mich wie einen Volltrottel dastehen. «Bloß diese Shorts, die sind, weißt du, wirklich irgendwie *short.*»

«Aha. Machen dich scharf, oder was?»

«Das mein ich nicht.»

«Ist aber so.»

«Also gut. Du hast mich durchschaut, Niagra.»

«Ich weiß», sagte sie und machte eine energische Handbewegung. «Und wenn ich dich mal wollte, wären wir im Geschäft, oder?»

Die Kleine beeindruckte mich schwer. Sie stolzierte die Verandatreppe hoch und fragte: «Willst du 'n Bier?»

«Sehr gern.»

Sie ging ins Haus und kam mit ein paar Dosen Stag wieder. Das ist eine Marke, die man dort, wo ich in der Zeit davor gewohnt hatte, nicht kriegt, und die mich daran erinnerte, wie ich vierzehn war und mit Smoke dieses Bier trank, wenn wir in seinem 63er Dodge durch die Gegend bretterten.

Ich setzte mich auf einen der herumstehenden Korbstühle und öffnete meine Dose. Dann fiel mir ein, daß es gerade mal neun Uhr morgens war. Das Bier war kalt, und obwohl es nicht sonderlich schmeckte, beschloß ich in einer sentimentalen Anwandlung, den Geschmack zu lieben und wie ein Halbstarker diesen Nektar mit einem einzigen tiefen Zug auszutrinken.

Der Hund saß wedelnd zu meinen Füßen.

Die Pfauen hatten sich wieder eingekriegt und machten wieder, was Pfauen eben so machen.

Niagra kuschelte sich mit untergeschlagenen Beinen in einen Korbstuhl und nippte an ihrem Bier. So saßen wir eine Weile da. Ich rauchte ein paar Luckies und blickte mich um. Ich sah, daß an der gegenüberliegenden Seite des Wohnmobils eine Satellitenschüssel angebracht war. Hinter einer wild wuchernden Wiese befand sich ein Schuppen und ein kleiner Teich.

Ein paar Minuten vergingen, dann sagte sie: «Smoke ist nicht weit. Big Annie ist bei ihm. Die beiden toben gern im Garten rum. Wir sollten noch 'n bißchen warten.»

«Nichts dagegen.»

«Sie treiben's gern morgens unter den schattigen Bäumen, wo das Gras feucht und schlüpfrig vom Tau ist und so», sagte sie. «Du bist verheiratet, oder?»

«Bloß auf dem Papier», sagte ich. «Das muß dich nicht kümmern.»

«Hmm», machte sie, und es klang wie ein Schnurren. «Noch 'n Bier?»

«Ich könnte eventuell noch eins vertragen», sagte ich.

Sie brachte das Bier, ich trank es, und sie, ich und der Hund warteten darauf, daß mein Bruder und ihre Mama irgendwo da draußen in dem schlüpfrigen Morgentau fertiggevögelt hatten.

4 Der Schneesturm

Es ging auf Mittag zu, schätz ich mal, als Big Annie hinter dem Schuppen hervorspaziert kam. Sie war beinahe bekleidet. Das heißt, sie trug einen bunten Baumwollrock, so einen, den man umbindet und zuknotet, ihr Shirt hatte sie aber noch in der Hand. Eine Frau, die Big Annie genannt wurde, hatte ich mir als stämmige Person vorgestellt, übergewichtig und so. Aber nichts davon. Sie war recht groß und hatte dichtes, schwarzes Haar, und es war nicht zu übersehen, daß sie wegen ihrer ansehnlichen Brüste Big Annie hieß – dicke Melonen-Titten, die schwer an ihr herabhingen.

Als sie mich auf der Veranda erblickte, drehte sie sich um und schlüpfte in ihr Shirt. Das Shirt bekundete, daß sie bei der anstehenden Scheiß-Präsidentenwahl für Dukakis war. Dann kam sie auf die Veranda.

Niagra sagte: «Big Annie, der Typ hier ist Doyle, Smokes Bruder.»

«Willkommen», sagte sie, und wie sie die Arme ausbreitete, wollte sie, daß ich aufstand, sie umarmte und augenblicklich Freundschaft mit ihr schloß. Ich bin von Haus aus kein Typ für schnelle Freundschaften und bin nicht allzeit bereit, wildfremde Menschen auf die Wangen zu küssen und ebenso herzlich wie grundlos zu umarmen. Aber dieses Mal spielte ich mit, und Big Annie drückte mich fest an sich. Sie war gut eins fünfundsiebzig groß und hatte kräftige Arme. «Ich bin Big Annie», sagte sie.

«Das sieht man gleich», sagte ich. «Ich bin Smokes kleiner Bruder.»

«Wir wissen Bescheid», sagte Niagra. «Der kleine Bruder, der in der Schule Klassen übersprungen hat, auf mehreren Colleges war und niemals für das Schweinesystem arbeiten würde.»

Big Annie setzte sich auf einen Korbstuhl. Sie war verschwitzt, wie nach einem harten Ritt, aber sie lächelte und ihr Gesicht strahlte vor Glück. Ich sollte später feststellen, daß sie stets glücklich war; sie war immer umstrahlt von einer «Ich bin eins mit der Natur und dem Kosmos»-Aura. Die Hippie-Ära hatte sie geprägt, und sie hatte es nie nötig gefunden, ihre Ansichten oder Umgangsformen zu ändern.

Was mich betraf, waren es vielleicht die paar Bier, die ich mittlerweile intus hatte, oder das baldige Wiedersehen mit Smoke, oder daß sie das College erwähnt hatte: jedenfalls mußte ich plötzlich an den Raubüberfall denken, den Smoke und ich durchgezogen hatten, als ich noch nicht ganz neunzehn war und die Marines mich grade rausgeschmissen hatten. Es war eine jener Zeiten, in denen mir alles, was nur extrem genug war, angenehm vorkam. Ich lebte oben in Kansas City und trieb mich meistens in Westport rum, auf der 41. und der Campbell Street, mit ein paar besonders finsteren Exemplaren der fehlgeleiteten und durchgeknallten Jugend unseres Landes. Die Jungs hingen alle an der Nadel, aber ich hatte mir bis dahin, trotz meiner Anfälligkeit für alle Formen der Selbstzerstörung, noch keinen Schuß gesetzt – obwohl das Zeug leicht zu kriegen war und mehr und mehr die Runde machte. Wir waren hauptsächlich damit beschäftigt, den Arbeitsalltag auf eine immer fernere Zukunft zu verschieben. Als Smoke mich fand, war die Clique drauf und dran, mich in diesen fatalistischen Schwachsinn reinzureißen.

Smoke tauchte urplötzlich in meiner Bude auf und hatte einen Plan. Er hatte bei Kenworth Trucks für die Gewerkschaft gearbeitet, aber die streikte seit fünf Monaten, und tatsächlich trat er seine Stelle auch nie wieder an.

«Ich lad dich zum Essen ein», sagte er, und wir gingen in *Mario's Deli* und vernichteten ein paar Fleischklops-Sandwiches mit mariniertem Tomatensalat.

Nach dem Essen, eine Delikatesse für mich, weil ich mich eine Weile nur von Dosenfraß ernährt hatte, denn niemand von meiner Truppe hielt viel vom, äh, Kochen, gingen wir die Straße runter zu *Kelly's*, wo nie einer mitgekriegt hat, daß ich minderjährig war, und machten uns an ein paar Bourbon mit Bier zum Nachspülen.

«Ich hab 'ne zweite Knarre», sagte Smoke. Damals hatte er einen richtig ordentlichen Haarschnitt, kurzgeschoren, und legte viel Wert auf seine sportlichen Klamotten. «Und einen Plan.»

Sein Plan wirkte auf den ersten Blick etwas dünn, denn er bestand im Grunde nur daraus, daß er wußte, wen wir ausrauben sollten. Smoke hatte die *Git'N Quick*-Läden ausspioniert und rausgefunden, daß es für ein halbes Dutzend Läden nur einen einzigen Geldboten gab. Die Geschäfte befanden sich im Kansas-Teil der Stadt, und soweit ich mich erinnere, fiel mir dazu nur ein dummer Spruch ein. «Wir sollten im Missouri-Teil klauen, Smoke. Wenn sie uns schnappen und einbuchten, na, dann kommen wir nach Jeff

City, wo Onkel Bill sitzt. Mit Onkel Bill könnten wir's da aushalten.»

«Das», sagte Smoke, «ist eine scheiß-armselige Herangehensweise an einen Job. Mach dir nich ins Hemd.»

Okay, es war kurz vor Weihnachten, als wir uns drüben auf der Quivira Road den Geldboten schnappten. Wir arbeiteten nackt, das heißt ohne Masken, die den Passanten aufgefallen wären. Der Geldbote hatte eine Pistole, aber er zog sie nicht, denn er hatte wohl ein bißchen viel Weihnachtspunsch gekippt. Wir gingen ihm vergnügt entgegen, als hätte die vorweihnachtliche Stimmung uns voll im Griff. Der Himmel sah metallischgrau und unheilvoll aus, aber wir steckten den Kerl in den Kofferraum, und es war alles sehr viel einfacher, als es hätte sein sollen. Dann brach das Unwetter los, ein Kansas-Abenddämmerungs-Schneesturm mit allen Schikanen. Der Wagen war natürlich gestohlen, und Leute, die Weihnachtseinkäufe erledigten, verstopften die Straßen, und bald schlitterten wir nur noch. Wir flohen über Wohnstraßen nach Olathe, mit ungefähr zwanzig Stundenkilometern, segelten über Eisflächen, und der Mann im Kofferraum trampelte gegen die Klappe.

Ich hab fürchterlich geschwitzt, das weiß ich noch, aber Smoke blieb cool und schien in Hochstimmung zu sein; er fühlte sich mitten in einem Verbrechen so wohl wie eine braune Forelle im White River.

Wir ließen den Wagen auf dem Parkplatz eines Einkaufszentrums stehen, und das war's dann. Der Mann im Kofferraum wurde zum Glück gehört, bevor er erfrieren konnte, und beschreiben konnte er uns offenbar nicht. Der *Star* hat dann über die Sache berichtet und unsere geschätzte Körpergröße und unser Alter veröffentlicht, und irgendwie verwandelten wir uns dabei in Schwarze – Schwarze, die dreimal soviel erbeutet hatten wie wir, sooft wir auch nachzählten.

Smoke hatte mitgekriegt, daß ich mit den Westport-Leuten zu eng war, und zog mich da raus, damit ich mich um die Ausbildung kümmern konnte, nach der ich mich sehnte. Ich meldete mich bei Mom und General Jo an, um die Bundesstaatsförderung kassieren zu können. Dann nahm ich meinen Anteil, kaufte einen weißen Pickup und fuhr die dreihundert Meilen Richtung Westen, um mich am Fort Hays Kansas State College für das Wintersemester einzuschreiben. Ich hatte bei den Marines den Abendschulabschluß gemacht und war mein ganzes Leben eine Leseratte gewesen, und dank Smoke verfügte ich jetzt über ein Stipendium. In Fort Hays war das Stadtleben mit seinen Myriaden Versuchungen weit weg; dort draußen gab es nur Uni-Rodeos, rotes Bier und Bücher in Hülle und Fülle.

Ich stürzte mich mitten hinein ins Collegeleben und verbrachte einige Jahre an verschiedenen Institutionen, schwelgte glücklich in einem Meer von Ideen und Idealen, englischer Literatur, Kunstgeschichte und einstudierten Attitüden, legte mir nacheinander verschiedene Persönlichkeiten zu und suchte nach etwas, das zu mir paßte. Schließlich wurde ich der, der ich bin: ein einigermaßen gebildeter Hinterwäldler, der aus lähmender Treue zu seinen Wurzeln seine Diktion verkümmern läßt.

Meine ganze universelle Halbbildung, so zusammengewürfelt und ziemlich nutzlos sie ist – zum Beispiel, daß Ernest Hemingway (1899–1961) wegen seiner Kindheit lebenslang unter Alpträumen litt, oder daß Pointilismus gemalte Punkte sind, aus denen man nur aus der Ferne etwas erkennen kann – und meine diversen Zwiebelhäute von Abschlüssen verdanke ich Smoke und seinem simplen Plan.

Am Ende dieser Tagträumerei über Diebstahl und höhere Bildung erhob ich mich von meinem Korbstuhl, das Stag-Bier noch in der Hand, und sagte: «Ich muß Smoke finden.»

Niagra stellte ihre roten Stiefel auf die Veranda und floß irgendwie da hinein, bis sie stand.

«Los, fahren wir», sagte sie. Sie stellte ihre Bierdose neben die Pistole, die immer noch auf dem Geländer lag. Die Sonne ließ ihre gemeinsten Foltermethoden auf alle irdischen Dinge los. «Wenn's dir nichts ausmacht, würd ich lieber mit deinem Wagen fahren. Smoke ist nicht weit. Nur ein paar Schlaglöcher, dann sind wir da.»

5 Nach einem Trauma benannt

Die paar Schlaglöcher, über die Niagra mich führte, reduzierten den Wert des nicht mal annähernd abbezahlten Volvo meiner Frau noch mal beträchtlich, denn einige fuhr ich falsch an, oder ich streifte einen Baumstumpf, touchierte einen Felsbrocken oder setzte in einer Rinne auf. Es war nicht weit, aber für den Wagen war es eine strapaziöse Tour.

Hinter dem Schuppen kamen wir in einen dichten Wald, der sich in der Ferne auf eine Weide öffnete, die in der Hitze weiß flimmerte.

«Halt da drüben an», sagte Niagra. Sie hatte die Stiefel gegen das Armaturenbrett gestemmt, um sich abzustützen. «Brr, Nelly.»

Wir stiegen aus und standen im tiefen Waldschatten, und meine Augen brauchten ein bißchen, bis sie sich umgestellt hatten und Smokes Versteck entdeckten. Ein fünf Meter langer Wohnwagen war eng zwischen ein paar Bäume geschoben, wo er auf platten Reifen ruhte. Er war knastgrau, eine Farbe, der ich persönlich eher aus dem Weg gehe. Ein paar klapprige Metallstühle standen auf der nackten Erde vor dem Wohnwagen. Der Rost hatte sie ziemlich angefressen. Busch-Bierdosen lagen herum wie merkwürdige blaue

Blüten. An der Tür war ein Fliegengitter befestigt, und zwischen Wohnwagenboden und Erde war Brennholz gestapelt.

«Hübsch», sagte ich.

«Na ja, schwer zu finden», sagte Niagra.

Als kleiner Junge denkt man, eines Tages so leben zu wollen. Ein kleines Versteck im Wald, dein Lebensraum eine Höhle oder ein Fort. Den Wald gleich hinterm Schlafzimmerfenster, ein Gewehr neben der Tür, falls das Abendessen vorbeispaziert kommt und im Garten steht, wenn man erwacht. Die Frauen wohnen separat, ganz in der Nähe, aber ein Stück die Straße hoch. Smokes Versteck wäre genau das richtige für Thoreau gewesen, vermute ich, wenn Thoreau jede Menge Dosenbier getrunken und statt der ewigen Lektüre und philosophischen Untersuchungen lieber den ganzen Morgen mit Big Annie gefickt hätte.

Smoke kam hinter dem Wohnwagen aus dem Wald heraus, eine Rolle Klopapier in der Hand. Wir sahen uns gleichzeitig. Er stieß ein lautes, kehliges Bellen aus und stürmte auf mich zu. Er trug Blue-Jeans-Shorts und weiße Turnschuhe.

Ich wußte, was jetzt kommen würde. Ich machte mich darauf gefaßt, von aufrichtiger männlicher Zuneigung überwältigt zu werden.

«Doyle, mein kleiner Bruder», sagte er und warf das Klopapier Richtung Tür. Dann steckte ich in der festen Umarmung, in den starken Armen meines großen Bruders, der mich hochhob und mir fest und liebevoll auf den Rücken klopfte. Ich klopfte ein paarmal zurück, aber ohne große Wirkung.

Er hielt mich immer noch in seiner festen, rippenknakkenden Umarmung, als ich fragte: «Smoke, Mann, was haste denn so getrieben?»

Da ließ er mich los und lächelte breit.

«Laß mal sehn, Doyle. Ich hab den Teufel in den Schwitzkasten genommen und dann in den Arsch gefickt. Davon mal ab, ist alles beim alten.»

Ich hatte ihn drei Jahre nicht gesehen. Das Leben auf der Flucht schien ihm gut zu bekommen. Er war immer ein Riese gewesen, und oben in K. C. war er 'ne Zeitlang richtig fett gewesen, aber jetzt, durch das harte Leben am Busen der Natur, war er durchtrainiert, gut in Form und schmutzigbraun. Er war ungefähr eins neunzig groß, und ich schätze, er wog nicht mehr als 110 oder 115 Kilo. Richtig schnittig. Smoke hatte sein ganzes Leben wie besessen den elementaren Freuden nachgejagt, und das sah man in seinem Gesicht, an den Lachfalten um die gierigen braunen Augen und an der schrägen Billardqueue-Narbe auf der Stirn, die ihm ein Ehemann verpaßt hat, dem Smokes Lebenslust ein Dorn im Auge war. Smoke gehörte schon immer zu den Männern, die den Schraubverschluß wegschmeißen, nachdem sie die Whiskyflasche geöffnet haben. Sein Haar war schulterlang, graumeliert, und jemand – Big Annie, wie sich herausstellte – hatte sich um seine Locken gekümmert. Sie waren zu dünnen Bindfäden geflochten, einer Art Hillbilly-Dreadlocks. Sein Bart war perfekt gestutzt und hatte graue Strähnen, wie die Zinken bei einer Heugabel.

«Gut siehst du aus», sagte ich.

«Du auch, Kleiner», sagte er und packte meinen Pferdeschwanz. «Yee-hah!»

«Na und», sagte ich.

Er ließ ihn los und sah Niagra liebevoll an. «Doyle wird dir gefallen. Das ist genau so ein Bücherwurm und Romantiker wie du.»

Sie überlegte kurz und zuckte dann nur mit den Achseln.

«Kann passieren», sagte sie. «Das kennt man ja von mir, daß mir ab und zu jemand gefällt.» Sie machte sich auf den Heimweg. «Ich laß euch Brüder bei eurem Wiedersehen allein. Aber nicht, daß ihr euch vor lauter Glück zerfleischt.»

Ich ließ mich auf einem verrosteten Stuhl nieder und beobachtete Niagras Gang. Smoke tat es mir nach. Dieser Gang war es wert, beobachtet zu werden. Niagras Bewegungen hatten einen gleitenden Schwung, wie in der alten Blueszeile *«Like her back ain't got no bone»*. Als sie außer Hörweite war, fragte ich: «Ist sie volljährig?»

«Volljährig? Was denkste denn! Sie is 'n altes Mädchen. Ist letzten Monat neunzehn geworden. Hat drüben in der Stadt schon 'n Jahr Junior College abgerissen.»

«Sie hat doch 'n Kerl, oder?»

«Nö.»

«Das glaub ich nich.»

«Tja, sie hat so ihre Marotten, und bei ihren Ansprüchen muß so ziemlich jeder Ozark-Stecher passen.»

«Ich verstehe», sagte ich. «Marotten, was?»

«*Yeah*. Aber du könntest sie rumkriegen. Sie findet dich brillant. Hat deine Bücher gelesen, als wären's Liebesbriefe.»

«Red keinen Scheiß», sagte ich, und mein Mund füllte sich mit Speichel, den ich lieber runterschluckte, als ihn auszuspucken – so kurz nachdem ich eine derart bezaubernde Würdigung meiner Anstrengungen vernommen hatte.

«Aber jetzt Schluß mit dem Schmus», sagte Smoke. «Wie wär's mit 'ner Tüte Gras und was zu trinken? Ich hab kein Eis da, aber 'ne Flasche Schnaps.»

«Laß die Tüte und den Schnaps mal stecken, Smoke. Wir müssen uns unterhalten. Bringen wir es hinter uns.»

«Schieß los», sagte er.

Ich beugte mich vor und stützte die Ellbogen auf die Knie.

«Die Alten haben mich in geheimer Mission hergeschickt.»

«So, so.»

«Ich hab die Sache übernommen, aus persönlichen Gründen.»

«Ach ja?»

«Sie wollen, daß du dich stellst.»

«So weit ist es gekommen?»

«Sie wollen, daß du irgendwas aushandelst.»

«Uuuh.»

«Die haben sie da oben ganz schön in der Mangel.»

«Ich weiß.» Smoke fuhr sich durch die Gesichtsbehaarung, und seine gespreizten Finger paßten perfekt zu den Gabelzinken in seinem Bart. «Laß mich mal nachdenken», sagte er. Dann, vielleicht vier Sekunden später: «Okay, ich hab's mir genau überlegt.»

«Und?»

«Das wird man nicht erleben. Smoke denkt nich dran, sich jetzt schon zu stellen.»

Ich stand auf, holte den Ladystinger aus dem Wagen und stellte mich in Positur.

«General Jo hat mir diese Pistole mitgegeben», sagte ich. «Ich soll tun, was nötig ist. Und jetzt», ich fuchtelte mit der Knarre in seine Richtung, «keine Bewegung!»

Smoke lachte: «*Die* Pistole hat er dir mitgegeben? Mit so was kannste einem gerade mal die Haut ritzen.»

«Wahrscheinlich mag er mir seine schweren Kaliber nicht anvertrauen.»

«Das paßt. Ein Mann, der seinem erwachsenen Sohn

nicht seinen Wagen überläßt, der vertraut diesem Sohn auch nicht seine schweren Kaliber an. Er ist ein schlauer alter Fuchs, weißt du», sagte Smoke. «Aber ich habe Pläne, die meine Anwesenheit auf dieser Seite der Gefängnismauern erfordern. Also ist das Thema wohl gegessen.»

Ich setzte mich wieder, entspannte mich und ließ den Ladystinger baumeln. Mein Blick blieb an Smokes breiter, haarloser Brust hängen – haarlos, weil sie eine einzige, riesige Brandnarbe war; das stolze Fleisch von den Brustwarzen bis zum Bauchnabel dick wie Leder. Deshalb war sein Spitzname Smoke. Als kleiner Junge liebte er gebratenen Speck. Mom kam eines Morgens mit der heißen, schwarzen Pfanne an den Tisch, und Smoke konnte es nicht abwarten, sprang auf, packte die Pfanne und übergoß sich mit brodelndem Fett. Er war fast sechs damals, glaube ich, und ich war ungefähr zwei. Ich meine mich an seine Schreie zu erinnern – oder vielleicht auch nicht. Danach hatte er den Namen «Smoke» weg, und es scheint ihm nichts auszumachen. Und mir? Ich weiß nicht. Wir haben alle unsere Traumata durchlitten, aber ich möchte nicht danach benannt sein.

«Okey-dokey», sagte ich. «Ich hab's versucht. Ich hab mein Bestes gegeben. Dann mal her mit der Flasche und der Tüte, großer Bruder.»

6 Der Kuhfladen-Golfplatz

Später versuchten wir uns draußen auf der knochenweißen Wiese an den achtzehn Löchern auf dem Kuhfladen-Golfplatz, den Smoke entworfen hatte. Es waren alles Schläge für kurze Eisen, und das weiße Gestrüpp bildete ein Rough, in das sich Profigolfer nicht mal auf einem John-Deere-Traktor getraut hätten. Es war natürlich heiß, und Viehzecken und Kletten hingen uns an den Socken, Shorts und Beinen. Smoke besaß nur zwei Eisen-neun-Schläger, aber er hatte eine Einkaufstüte mit geklauten Bällen, und wir waren beide besoffen genug, um an der Sache unseren Spaß zu haben.

«Wärst du nicht gern finanziell abgesichert?» intonierte Smoke, und es klang so ähnlich wie die wohltönende Stimme aus den Golfübertragungen von CBS Sports. Dann schlug er seinen orangen Golfball, und wir sahen ihn über das tiefe weiße Rough fliegen, hin zu einem Stapel getrockneter Kuhfladen, den er «Das neunte Loch» nannte. Der Ball landete auf Höhe der Fladen, aber zu weit links. «Nicht steinreich», fuhr er fort, «aber reich genug, um dich hinzusetzen und das Buch rauszuhaun, das dir vorschwebt, und einen Scheiß drauf zu geben, ob es sich verkauft.»

Eine Flasche billiger Scotch, King's Deluxe oder so, stand auf dem Boden und markierte den Abschlag. Ich packte mein Eisen neun und ging in Stellung. Ich wollte gewinnen, das stand mal fest. Ich bückte mich und streckte mich und scharrte mit den Füßen, um die perfekte Ausrichtung hinzukriegen.

«Du meinst ein Stipendium?» fragte ich.

«Ich meine die Hillbilly-Stiftung zur Förderung von Kunstscheiße. Bloß ohne Bürokratie und Papierkrieg.»

Ich holte weit aus und schlug kräftig zu. Die Grasnarbe flog mir um die Ohren, aber der Ball stieg hoch empor. Das sah nach einer guten Landung aus.

«Wen muß ich umbringen?» fragte ich.

Der Ball flog genau in die richtige Richtung, landete aber vor dem Fladenhaufen und verschwand im weißen Gestrüpp.

«Vielleicht niemanden», antwortete Smoke. Er hockte sich neben den King's Deluxe und nahm einen Schluck. «Weiß man natürlich nie.»

Also bei mir läuft das so. Ich liebe nur eins wirklich, und das ist die Kunst, mich meinen Phantasien hinzugeben und sie aufzuschreiben. Ich erzähle Stories, übertreibe schon mal ein bißchen; kleine, lustige Märchen und große, saftige Lügengeschichten; und zum Schluß, beinahe gegen meinen Willen, nehmen sie realistische Züge an.

Meine Phantasie treibt sich immer am falschen Ort rum, in einer erfundenen miesen Gegend. Alles findet in der 12. Straße, USA, statt, und da gibt es natürlich Kneipen und Spelunken, die *The Pink Pussycat* heißen, *The Aces High* oder *Joe's*. Typen mit Namen wie Buster, Jake oder Gyp the Blood bevölkern die Szene, und das Regenwasser murmelt im müllverstopften Rinnstein und spiegelt die Neonlichter wider. Man kennt das ja. Der Held, dessen Chronist ich bin, ist nicht sonderlich heldenhaft, aber er hat mir vier Bücher abgetreten. Im Grunde ist er ja eine echt schmierige Type, aber er ist da eben reingeraten und steht dazu. Sie nennen ihn nur «Die Hyäne», denn er kriegt immer einen Bissen von der Beute ab. Er treibt sich bloß auf der 12. Straße, USA, rum, dem üblichen Ausgangspunkt reizvoller Laster und einfallsloser Verbrechen, und findet raus, was grade läuft. Er verfolgt Spuren, schleicht sich an, schnüffelt und beobachtet. Wenn die Sache über die Bühne gegangen ist und die Leute mit den 12.-Straße-USA-Namen und -Manieren den Kadaver der Beute ausweiden wollen, tja, dann kommt die Hyäne, nimmt sie hops und ißt den Kuchen ganz allein. Die Hyäne ist nicht sonderlich nobel, aber sie kann was wegstecken, weiß, was sie will, und handelt als Arschvetter der Gerechtigkeit.

Meine Bücher klingen, als ob ich jemand anderes wäre, jemand viel älteres, der aus einer Epoche herüberruft, die längst in Rente gegangen ist. Die Hyäne redet, wie ein alter Sack in Pandas Alter reden würde, der während der Weltwirtschaftskrise in der Stadt den knallharten Macker markiert hat. Den Populisten von 1932 oder so hätten die Methoden der Hyäne vielleicht gut gefallen. Die Leute sind bei ihm entweder «Ganoven», «Banditen» oder «Trällertanten», und er zieht über jeden her, der reiche Eltern oder eine Dienstmarke hat.

Ich werde immer als Krimiautor bezeichnet, aber für mich sind das Geschichten aus dem wahren Leben. Im Grunde erinnern sie mich an meine Familie und meine Freunde. Ich hasse den Gedanken, ich könnte ein «Genre-Leben» geführt haben, aber das scheint die Schublade zu sein, in die man mich steckt.

Es fällt schwer, die Hyäne nicht zu mögen – jedenfalls geht's mir so.

«Ey, Bruder», sagte Smoke und stupste mich an. «Findste deinen Ball?»

«Ich hab gesehn, wo er gelandet ist», sagte ich, während ich darüber nachdachte, ob die toten Stimmen aus früheren Leben mir auf ihre immer so kaum vernehmbare Art gesunden Menschenverstand einbleuen wollten oder mich zu kühnsten Taten drängten.

Ich fragte Smoke nicht, wie ich denn die Hillbilly-Stiftungsgelder zur Förderung von Kunstscheiße bekommen konnte. Ich machte einen großen Bogen um die Frage, und er ließ das Thema fallen, als wir uns wieder an die schweißtreibenden achtzehn Löcher machten.

Es ging knapp aus, 147 zu 145 – kein schlechtes Ergebnis, wenn man den Zustand der Fairways und die schwierigen Bahnen bedenkt –, und ich schlug Smoke um Haaresbreite, weil mein Abschlag am siebzehnten Kuhfladen tatsächlich die aufgestapelte Kacke traf und zerbersten ließ. Ich würde gerne sagen, sie hätte sich wie ein überlebter Traum oder das Vertrauen der Öffentlichkeit in Luft aufgelöst, aber in Wirklichkeit zerplatzte sie genau wie die ganz normale Scheiße von gestern.

7 Der Geruch

Das Abendessen nahm Gestalt an, und es war gleichermaßen haarsträubend wie wundervoll, was einem da vorgesetzt wurde, aber als das klassische Hippie-Dessert dran war, eine Schale mit in Honig eingelegten Apfelvierteln, merkte ich, daß um mich herum eine Verschwörung im Gange war. Smoke steckte mit Big Annie die Köpfe zusammen, dann mit Niagra, dann verschwanden sie alle im Haus, ich hörte sie flüstern und so weiter. Ich konnte kein Wort verstehen, aber ich wußte auch ohne Tips für Imaru, worum es ging.

Wir aßen bei Sonnenuntergang auf der Veranda. Es war schließlich doch noch kühl genug geworden, um in Ruhe was zu essen. Ich hatte auf Smokes schattigem Hof ein Nikkerchen eingelegt und fühlte mich anschließend ziemlich nüchtern, ausgeruht und hungrig wie ein Wolf. Das Essen war Niagras Kreation. Sie hatte sich ihre erste Hillbillyette-Überraschung für mich einfallen lassen: Hausgemachte Pasta mit Pestosauce, dazu ein herrlicher Salat aus Gartentomaten und Gurkenscheiben in Olivenöl, verfeinert mit frischem Basilikum und Ziegenkäsestückchen. Das alles bewies, daß sie ein Bücherwurm war – was ich bei jedem sofort erkenne. Niagra hatte sich eindeutig wenigstens aus der Kochbuchabteilung der Bücherei von West Table einen Stapel nützlicher Lektüre besorgt, denn der nächste Ort, an dem man sich kulinarische Finessen dieser Art abgucken konnte, war wahrscheinlich Memphis oder eventuell noch Little Rock. Sie hatte das klassische Hippie-Dessert vermutlich deshalb aufgetragen, weil es leicht zuzubereiten war und es wunderbar schmeckte; aber ich war an diesem Punkt wohl schon dermaßen von den Socken, daß ich irgendwie mit Tiramisu gerechnet hatte oder mit einer Portion Spumoni.

Als es dunkel war, ließen sie mich am Tisch allein, und im Haus wurde wieder mächtig diskutiert. Ich steckte mir eine Lucky an, saß da und streichelte den Hund. Der Hund, das stellte sich heraus, war eine sterilisierte Hündin – die beste Art Haushund, wie ich finde – und hieß Damned Spot, weil Niagra auf der High School die Lady Macbeth gespielt hatte und die «Weg, du verdammter Fleck!»-Stelle liebte. Ich war der neue «Große» in der Runde, und Damned Spot hatte sofort beschlossen, mich zu lieben und ins Rudel aufzunehmen. Ich rauchte, streichelte sie und zupfte ihr hinter den Ohren ein paar fette Zecken weg. Ich legte die knolligen, blutigen Zecken mit dem Bauch nach oben auf den Tisch und tötete sie mit der Glut der Lucky.

Dort im Dunkeln fing ich an, mit Damned Spot zu sprechen. Ich nölte ihr mit allem möglichen Stuß die Ohren voll, größtenteils über erloschene Liebe oder andere Sachen dieses Kalibers, und ich war froh, den Hund zu haben, dem ich das erzählen konnte. Wenn man ohne menschliches Gegenüber ein Gespräch führt, ist ein Hund, der einem gehört, ein praktischer Beweis dafür, daß man noch einigermaßen dicht ist. Wenigstens redet man mit einem *Hund*, und das ist das Zweitbeste. Ein Mensch, der allein ist und mit einem Hund spricht, wirkt irgendwie niedlich, einfühlsam und so weiter. Ohne den Hund würde exakt dieselbe Unterhaltung komplett bescheuert aussehen. Kein Mensch würde einen mehr angucken, man würde deine Mutter anrufen und ihr vorschlagen, die Männer in den weißen Kitteln zu bestellen. Der Hund machte den ganzen Unterschied.

Als die Besprechung zu Ende war und das Flüstertrio zurückkehrte, hatten sie Geschäftliches im Sinn. Sie standen da, über mich gebeugt, ein Vorstand, aufgereiht zu einer Front, und das Licht aus der Küche hinter ihnen verwandelte ihre Umrisse in ein bedrohliches Relief.

Smoke sagte: «Wir müssen wissen, ob du dabei bist oder nicht.»

«Wobei dabei?»

Sie setzten sich um den Tisch. Sie sprachen abwechselnd, eine funktionierende Miniaturdemokratie, aber Smokes Worte und Niagras Ausstrahlung hatten das meiste Gewicht. Es ging, kurz gesagt, um genau das, was ich mir schon gedacht hatte: das gute alte Marihuana. Smoke wußte, daß ich vor Jahren mit diesem landwirtschaftlichen Erzeugnis viel zu tun gehabt und in der Umgebung diverser Unis ein bißchen Gras vertickt hatte. Außerdem hatte ich zweimal bei der Ernte geholfen, als ich in Iowa auf der Graduate School war und keinen Cent mehr besaß.

Schließlich frage ich: «Wie hoch wäre mein Anteil?»

«Du kommst spät dazu», sagte Smoke. «Aber wir brauchen jetzt zusätzliche Sicherheit.»

«Wieso das?»

«Ein paar Dollys haben hier rumgeschnüffelt», sagte Big Annie. Daß Dollys rumschnüffeln, ist so ungefähr die schlechteste Nachricht für irgend jemanden in Howl

County. Der Clan ist wegen seiner Klauereien und üblen Machenschaften berüchtigt, die Zahl der Mitglieder ist Legion, und im Telefonbuch von West Table machen sie sich auf über drei Spalten breit. «Eine Bande, die ein Finsterling namens Springer anführt, offenbar ein angeheirateter Dolly.»

«Die ähneln dem Höhlenmenschen noch mehr als die meisten von uns», sagte Niagra. «Aber im Bescheißen sind sie ganz groß. Gar nich nett.»

«Springer», sagte Smoke, «ist ein wirklich übler Typ. Der wäre ein gutes Forschungsobjekt für dich.»

Ich steckte mir eine Lucky an.

«Hier wäre alles ein gutes Forschungsobjekt.»

«Wir sind freundlich zu denen», sagte Niagra. «Aber das ist Show.»

«Die hauen dich über's Ohr», sagte Smoke, «und warten dann nur drauf, daß du ankommst und sie umlegen willst.»

«Typen wie denen würd ich eher aus dem Weg gehen», sagte ich. Obwohl mich mein Streben nach künstlerischer Wahrhaftigkeit schon manches Mal mit einem Alibi für zweifelhaften Umgang und diverse Laster versorgt hat, sah mir das hier doch nach *zuviel* Vor-Ort-Recherche aus. «Immer schön auf Abstand.»

«Außerdem zieht Springer schnell», sagte Smoke. «Ich bin mir ziemlich sicher, daß er unten in Viola, gleich hinter der Grenze zu Arkansas, einen Typ ermordet hat. Und ich hab gesehn, wie er Bond Collins vor dem *Inca Club* ins Bein geschossen hat.»

«Also gut», sagte ich. «Den *muß* ich einfach kennenlernen.»

«Und dein Anteil», sagte Niagra, «wären locker 15 000 Dollar, steuerfrei.»

«Vorausgesetzt, ich lebe noch, wenn die Knete kommt.»

Fünfzehn Mille ist mehr, als mein Agent je für einen kompletten Roman rausgeholt hat, inklusive Taschenbuch- und Auslandsrechte und abzüglich der fetten Provision für ihn selber. Das wäre wie ein Pauschalhonorar für ein Buch, das ich mir weder ausdenken noch schreiben müßte. Es entspräche einem Literaturstipendium, für das ich mich nicht bei drei der fünf Jurymitglieder einschleimen müßte.

Ich rauchte und saß eine Weile grübelnd da, als überlegte ich mir den Vorschlag ganz genau. Die Pfauen hockten auf den höchsten Ästen ihres Schlafbaums und ließen nur selten ihr Gackern und Kreischen hören, das so gespenstisch klingt, wenn es aus einem dunklen Baumwipfel kommt. Sie waren auf der Hut vor Eulen, die im Schutz der Dunkelheit herabstürzen und ihnen den Kopf abreißen könnten. Damned Spot lag auf der Veranda, zeigte den Sternen ihren Bauch, rieb sich an den Zedernholzplanken den Rücken und schikanierte ihre Flöhe. Die Windspiele klirrten in der leichten Brise, und es klang wie das scheppernde Kleingeld in den Hosentaschen fliehender Verdächtiger. Indem ich zögerte, mich in meine genetischen und familiären Unvermeidlichkeiten zu fügen, wollte ich meine Vernunft beschwichtigen. Immerhin gäbe es da noch die schlichte persönliche Entscheidungsfreiheit – aber auf die persönliche Entscheidungsfreiheit zu pochen liefe andererseits meiner Ansicht zuwider, daß man seinem Verhängnis eh nicht entgeht.

In diesem Augenblick kam anscheinend eine Botschaft für Imaru an, aber sie verhallte ungehört, und statt dessen mußte ich instinktiv an unseren Daddy, General Jo, und seinen Bruder Bill denken. Sie waren schon erwachsen, als das Redmond-Land verlorenging, weil Panda seine Gefühle nicht im Zaum halten konnte. Dad wurde nach General Jo Shelby aus der konföderierten Kavallerie von Missouri General Jo genannt. Shelby war der einzige General der Konföderierten Staaten, der nicht kapituliert hatte. Er und seine Missouri-Boys begruben ihr Banner im Schlamm des Rio Grande, ritten in den letzten Tagen des Krieges über die Grenze nach Mexiko und wollten drüben an der Pazifikküste ein neues Südstaatenreich im spanischen Stil errichten. Alles war besser, als schmachvoll zu kapitulieren, selbst wenn es in vielerlei Hinsicht vernünftig war, sich zu ergeben – und mit dieser Art von Logik sind wir Redmonds bis zum heutigen Tage geschlagen.

Das neue Reich, Carlotta genannt, kam nie zustande, und am Ende trotteten die wenigen Missouri-Boys, die nicht aufgegeben und auch all die zusätzlichen Massaker überlebt hatten, die der Traum vom neuen Reich erfordert hatte, zurück nach Hause und wurden hitzköpfige Demokraten und Gelegenheitsverbrecher.

General Jo und Onkel Bill reagierten auf den Verlust des Redmond-Lands, das ihnen später einmal gehört hätte, ganz ähnlich wie die Rebellen auf den Verlust der Konföderation. Sie träumten davon, ihre großen Ländereien zurückzukaufen, und beantragten in der Sunnyside-Molkerei in der Nähe von Lebanon am Zahltag eine Art Darlehen ohne Sicherheiten. Bei der Antragstellung hatten sie Schrotflinten in der Hand und Strumpfmasken auf dem Kopf. Die Flucht verlief glatt, und gut zwei Wochen lang war alles in Butter, bis dann Onkel Bill von seiner Frau in flagranti mit einer *Dog'N Suds*-Kellnerin erwischt wurde. Sie war dermaßen sauer, daß bei ihr alles aussetzte und sie die Brüder verpfiff. General Jo und Onkel Bill kamen kurz vor meiner Geburt ins Staatsgefängnis von Missouri, und ich habe General

Jo erst mit sieben Jahren richtig kennengelernt, als er nach Hause kam. Ich spreche ihn bis heute nicht mit «Dad» an. General Jo hat nie wieder gesessen, abgesehen von ein paar Nächten in der Ausnüchterungszelle. Onkel Bill, der rückfällige Arsch, war nicht mal zwei Jahre auf freiem Fuß, als er im *Inca Club* mit dem neuen Mann seiner Exfrau einen Messerstecher-Fandango abzog und sich dafür Lebenslänglich einfing.

Ich habe oft das Gefühl, meine Gene haben mich umzingelt.

Denn schließlich, Hand aufs Herz: Seit der Golfpartie, bei der ich den Sieg davontrug, weil ich mit einem einzigen absoluten Glücksschlag den Kuhfladenstapel zerdepperte, hatte ich diesen Geruch in der Nase. Ein nicht sonderlich angenehmer, aber furchtbar anziehender Geruch, der immer in der Luft zu liegen schien, wenn Smoke und ich zusammentrafen. Der Gestank von ganz eigener, dreister Schlechtigkeit. Ein Gestank, den ich seit meiner Jugend kannte, den ich inzwischen nicht mehr gewöhnt war, der mich aber berauschte und den ich vermißt hatte.

Meine Antwort spiegelte meine Bedürfnisse wider.

8 Bremsspuren

Entweder war Cupido stiller Teilhaber an dieser kriminellen Verschwörung, oder ich hatte einfach Glück, denn Niagra wurde auserwählt, mich einzuweisen und mir die Geldplantage zu zeigen. Big Annie hatte im Schuppen einen Toyota-Pickup stehen, und Niagra fuhr ihn vors Haus und stellte ihn in Reichweite des Wasserschlauchs ab. Auf der Ladefläche des Pickup lag eine Wasserbettmatratze, und Niagra rollte den Schlauch aus und schloß ihn an.

«Das braucht 'ne Weile», sagte sie. «Wir fahren erst zum Bewässern, wenn's längst stockduster ist. Man kann nie wissen, ob nich einer das Wasserbett auf dem Wagen sieht und sich seinen Teil denkt.»

Ihr champagnerblonder Schopf leuchtete im Mondschein wie eine Lampe. «Weißglühend» würde passen. Ich genoß es einfach so, ihr bei jeder Bewegung zuzusehen: ein leichtes Kopfschütteln, die Hand, die durchs Haar strich, oder einfach nur, wie sie so dastand. In meinen Lenden, einer Region, die ich eine Weile vernachlässigt hatte, machte sich ein zartes, geiles Kribbeln breit. Seit ich aus Kalifornien weg war, hatte ich keinen Sex mehr erlebt, bei dem meine rechte Hand nicht die weibliche Hauptrolle spielte.

«Tja, Niagra», sagte ich und versuchte, irgendwie den Galan hervorzukehren, «äh, was ist denn dein Hauptfach?»

«Junge», sagte sie, und ein kurzes Lächeln ließ ihre Zähne im Mondschein schimmern. «Du willst mir ja so sehr an die Wäsche, daß du kaum noch sprechen kannst.»

«Blödsinn. Ich kann noch sprechen.»

«Ach, komm», sagte sie, «das ist doch ganz süß. Ich weiß, daß ich scharf aussehe.» Sie sah sich die Wassermatratze an, die sich nur allmählich füllte. «Mein Hauptfach ist Theaterwissenschaft, aber ich werde keinen Abschluß machen.»

«Natürlich wirst du das.»

«Nein. Du blickst das nich. Ich werd meinen Anteil von dem hier nehmen und in Hollywood auf die Schauspielschule gehn.»

«Aus dir könnte was werden», sagte ich.

«Echt?» fragte sie, und für einen Moment blühte sie förmlich auf, beschwingt von wilder Hoffnung. «Das ist mein größter Wunsch. Tut richtig gut, wenn ein Künstler wie du so was sagt, Doyle.» Sie machte einen Knicks, und dabei tollten ihre Möpse unter dem T-Shirt umher. *«Molto grazie.»*

«Prego», sagte ich.

«Parle italiano?»

«No.»

«Gut», sagte sie. «Ich auch nicht. Ich kann nur einen Satz, und mit dem würd ich nicht weit kommen.»

«Nämlich?»

«Il gatto è grande.»

Ich lachte und steckte mir eine Lucky an.

«Ja, das ist schwierig», sagte ich. «Wenn du bei Leuten bist, die Katzen haben, könnte der das Eis brechen. Aber sonst hat das wohl keine Zukunft.»

Sie beugte sich über die Ladeklappe und drückte die Wassermatratze. Die Stoßstange war fünf Zentimeter dick mit Schlamm verklebt, und Niagra gab sich Mühe, sich nicht gegen den Dreck zu lehnen.

«Weißt du», sagte sie über die Schulter, «du würdest nicht halb so schlecht aussehen, wenn du dir den blöden Ziegenbart abrasieren würdest.»

«Nicht halb so schlecht. So, so.»

«Eher süß», sagte sie. «Du bist nicht mehr der Jüngste, und ohne den Bart würd ich nich ständig denken, daß du nicht mehr der Jüngste bist. Dann wärst du einfach nur süß, weiter nichts.»

«Dann renn ich mal schnell rein und rasier mich.»

Da mußte sie lachen, und weil einem ein Lachen oft die Tür zum Schlafzimmer aufstößt, spürte ich im Unterleib tatsächlich ein erwartungsfrohes Pulsieren.

«Jetzt aber Schluß damit, Doyle. Wir haben was zu erledigen.»

Und wie sie das sagte, meinte sie es ernst.

Diese Wasserbetten brauchen ewig, bis sie voll sind. Damned Spot kam ab und zu vorbei und wollte gestreichelt werden, aber ich hatte erst mal genug Hundeumgang genossen. Ich ging ins Haus und holte mir aus Big Annies Kühlschrank ein Stag-Bier. Smoke und Big Annie saßen im vorderen Zimmer und lachten sich halbtot über eine Fernsehshow, die sie via Satellit empfingen. Vielleicht war es Arsenio Hall, denn Smoke sagte: «Bei den Witzen von dem Kerl brech ich echt ab. Der is viel besser als die weißen Jungs. Weiß auch nich, warum.»

Ich ließ sie mit ihrem Fernsehfrohsinn allein und ging wieder nach draußen. Ich stand da und schlürfte mein Bier, und Niagra saß in der Fahrerkabine und hatte die Tür offenstehen. Drüben im Licht der Veranda lief eine Maikäferparty, und sie tanzten Insektenpolka auf der Jalousie und der Fliegentür. Irgendwann erzählte Niagra mir aus irgendeinem Grund, daß sie nicht nach dem Flitterwochenort, sondern nach dem gleichnamigen Film benannt war. Ich hatte den Streifen nicht gesehen, aber so hatten wir für eine Weile ein Gesprächsthema, während wir dem Wasser lauschten, das in die Matratze gluckerte.

Als ein passender Moment gekommen war, fragte ich sie, warum sie keinen Kerl hatte.

«Die Typen hier sind so was von scheiß-ordinär», sagte sie. Sie kam angeschlichen und trank einen Schluck von meinem Bier. «Außerdem guck ich mir an, was hier so aus den Leuten wird, und dazu fällt mir bloß ein: der Greyhound-Bus is 'ne Gottesgabe, weißte? Ab und zu treff ich Mädchen, die ich von früher kenne, und die haben jetzt alle XXL-Ärsche und Scheißfrisuren und Kinder, wo man nich weiß, wer der Vater is, und für die sie Staatsknete kassieren. Die Männer waschen sich nur alle Jubeljahre mal, und bei sich im Wohnwagen sind sie die Superschweine und nehmen den Frauen nicht mal den *kleinsten Dreck* ab. Dann siehste Frauen im Laden stehn, mit Veilchen und aufgeplatzten Lippen, weil sie die Bremsspuren aus Pappis ranzigen Unterhosen nich rausgekriegt haben – und da sind mehr Bremsspuren drin, als du beim Indy 500 zu sehen kriegst.» Sie nahm noch einen Schluck von meinem Bier, seufzte und lehnte sich an den Wagen. «So herzergreifend ist das nun mal nich, immer und immer wieder zu sagen: ‹Ich wasch mir heute abend die Haare … Ich glaube, ich muß passen.›»

Ich sagte: «Das hab ich nie – Bremsspuren in der Unterhose.»

«Weil du keine Unterhosen trägst.»

«Woher willst du das wissen, verdammt noch mal?» fragte ich, und das war mein Ernst.

«Oh», sagte sie, «weil sich dein Schniedel da auf dem Bein abzeichnet. Außerdem trägt Smoke auch keine, daher kenn ich den Look.» Dann klopfte sie auf die Wassermatratze, und das gab einen tiefen Ton. «Die ist voll genug», sagte sie. «An die Arbeit.»

9 Einen Goomer herbeizaubern

Die Geldplantage war idyllisch gelegen. Niagra zeigte mir den Weg und steuerte den schwerfälligen Toyota erst mal eine halbe Meile die Schotterpiste entlang, wo die Gefahr, zufällig gesehen zu werden, natürlich am größten war. An der Behelfsbrücke über den Gum Creek lenkte sie den Wagen das Ufer hinab auf das trockene Flußbett. Der Gum Creek ist ein Flüßchen, das nur an Regentagen Wasser führt; er lag voller kleiner bis mittelgroßer Felsbrocken. Niagra knipste die Scheinwerfer aus, aber sie fand den Weg auch blind. Sie fuhr langsam, und wir zuckelten im ersten Gang dahin.

Ich weiß nicht, welche Entfernung wir zurückgelegt hatten, als sie auf die flache Uferböschung bog und in die tiefe Finsternis unter den hochaufragenden Bäumen fuhr. Als sie hielt, schaltete sie die Scheinwerfer an und beleuchtete die Geldplantage.

«Da wären wir», sagte Niagra.

Damit die Pflanzen genug Sonne bekamen, aber von einem Hubschrauber aus schwer zu entdecken waren, hatten sie die Beete dort angelegt, wo die Äste sich lichteten. Es schienen achtzig oder neunzig grüne Stiele mit rötlichen

Knospen zu sein, verteilt über einen Südhang. Die Pflanzen mischten sich unter die legale Flora und fielen nicht groß auf. Mit ihren eins siebzig oder so sahen sie mir bald erntereif aus. Rotes Dope wächst nicht so in die Höhe, deshalb kann man es gut verstecken.

Niagra schaltete das Licht aus. «Was meinst du?»

«Kann man bald ernten», sagte ich und war froh, daß ich den Ladystinger im Gürtel stecken hatte. «Ein Abzocker würde wahrscheinlich sagen, sie sind reif.»

«Sind sie aber nich. Zehn Tage mehr können nich schaden.»

«Was ist das für 'ne Sorte?»

«Mit der Sorte – das ist dumm gelaufen», sagte Niagra. «Big Annie hat 'ne ziemliche Menge Schotter für 'ne Flasche Sinsemillasamen hingelegt, bloß daß es kein Sinsemilla war. Da ist noch 'ne Rechnung offen. Es ist bloß Razorback Red, diese afghanische Sorte.»

«Razorback Red», sagte ich, «mag ich ganz gern.»

«Ist in Ordnung», sagte sie. «Reicht als Alltags-Dope. Aber, mein lieber Mann, das Sinsemilla hätte doppelt soviel gebracht – mindestens.»

In der Ozarks gibt es überall Dope-Pflanzungen. In einem Artikel in der *West Table Scroll* stand mal, das Durchschnittseinkommen einer vierköpfigen Familie betrage hier um die 12000 Dollar im Jahr, und bei derart ermutigenden Wirtschaftsdaten haben sich Alt und Jung in den Hügeln darauf verlegt, magische Samen einzugraben, die nach der Ernte mindestens tausend Dollar pro Pflanze bringen. Das ist zwar verboten, aber es ist weit verbreitet und gehört zur Tradition.

Wir stiegen aus, und Niagra verlegte einen Schlauch von der Wassermatratze in den Garten. Um das Wasser zum

Fließen zu bringen, saugte sie lange an dem beneidenswerten Schlauchende. Dann verband sie unseren Schlauch mit einer Düse, die aus dem Boden ragte. Das war das Bewässerungssystem: flach eingegrabene Schläuche, die zwischen den Geldpflanzen verliefen. Dann sagte sie: «Das gibt eine Ernte! Die männlichen Pflanzen haben wir rechtzeitig ausgerupft, damit sie die Mädchen nich bestäuben und schwächen.»

Da hatte ich plötzlich meinen Orientierungssinn wieder und wußte, wo wir waren.

«Das ist unser Land», sagte ich. «Unser altes Land.»

«Jetzt ist es Byrum-Land», sagte Niagra. Dann rezitierte sie die Grundregel des Hanfanbaus: «Immer bei wem anders pflanzen. Wir haben gedacht: Auf wessen Land werden die Bullen wohl ganz zuletzt rumschnüffeln?»

«Trotzdem könnten Hubschrauber rüberfliegen.»

«Mit dem Risiko muß man leben.»

Durch den Schlauch gluckerte Wasser in den Garten. Hin und wieder schlossen wir ihn an feinere Düsen an, denn wir sollten nur den ausgetrockneten Boden befeuchten, nicht die Beete überfluten.

Niagra war selbst im Dunkeln wundervoll anzusehen. Als wir mit dem Bewässern fast fertig waren, sagte sie: «Wenn ein verheirateter Typ hinter mir her wär, könnt ich ihm keinen Vorwurf machen. Schuld gibt's bei mir nich. Schuld steht bei mir nich auf der Karte.» Sie beseufzte die Torheit ihrer Mitmenschen, die sich Schuldgefühlen hingaben, jedenfalls kam's mir so vor, und dann sagte sie: «Schuld – was ist das überhaupt?»

«Das Bewußtsein, etwas Falsches zu tun», sagte ich. «Vorausgesetzt, du fühlst dich schlecht, wenn du was Falsches machst.»

«Ich glaub nicht, daß irgendwas, das ich mache, jemals falsch sein könnte. Ich handle im Vollbesitz meiner geistigen Kräfte. Das kann nich falsch sein.»

Es geht doch nichts darüber, jung zu sein und gewagte, bedingungslose Proklamationen von sich zu gehen. Wie ich mich danach sehnte, einfach wieder an so was zu glauben.

Ich wollte nichts dazu sagen, was unpassend oder zu abgehangen klang, deshalb rauchte ich bloß und hörte zu. Später, als sie den Schlauch aufrollte, sagte ich: «Es ist nicht einfach, gut zu sein.»

«Gut zu sein reicht nicht», sagte sie. «Selbst wenn man *böse* ist, schafft man's nicht unbedingt. Gut oder böse, was du auch sein willst, auf die Begeisterung kommt's an.» Als sie das sagte, sah sie mir direkt in die Augen. «Du müßtest das doch verstehen, Doyle. Deine Bücher sind so gut wie nur irgendwas, das ich kenne, aber du hattest noch nie 'n Bestseller, oder?»

«Nein, hatte ich nicht.»

«Deshalb mußt du dich für irgendwas begeistern.»

«Ja, ich weiß», sagte ich, und, Mann, sie hatte recht. «Ich brauch 'n Aufhänger. Was für die Öffentlichkeit. ‹Doyle Redmond ist die wahre Stimme der Generation ABC› oder so was. ‹Ein König der Dichter, der aus den duftenden Kammern vergangener Zeiten Geschichten hervorholt.› Irgendwas, damit ich dick in der Zeitung steh. Irgendwas, damit die Leute ganz wild auf mich sind. Ich brauch wirklich einen Aufhänger.»

Im Wagen, nachdem wir eine Weile blind das Flußbett entlanggefahren waren, sagte sie: «Könnte sein, daß du deinen Aufhänger gefunden hast, Doyle. Schnall dich besser an.»

Die Gang beschloß, mich in dem Wohnwagen neben der Veranda unterzubringen. Wo mal die Küche gewesen war, stand ein Bett mit einer ziemlich verbeulten Matratze, aber für mich reichte das. Das war's auch schon mit der Möblierung, denn der Wohnwagen diente im Grunde als Rumpelkammer und war mit Kisten und Möbelstücken vollgestopft, die nicht zu gebrauchen waren, solange sich nicht jemand an eine Menge Reparaturen machte.

Mir gefiel's.

Mein Einzug ging rasch vonstatten. Ich hatte nur den blauen Kissenbezug mit meinen Reiseklamotten und im Kofferraum des Volvo noch eine Kiste Bücher. Die Bücher baute ich gleich auf dem Küchentresen auf. Sie begleiteten mich überall hin, mit ihnen fühlte ich mich in jedem Dreckloch, in das es mich verschlagen mochte, wie zu Hause. Ich hatte ein paar Romane von Elizabeth Bowen dabei, vier Bände Edward Lewis Wallant, einen Band *Boxiana* von Pierce Egan, Daniel Fuchs' *Williamsburg Trilogy*, Carson McCullers gesammelte Werke, einen Stapel Twain, einen Stoß von Erskine Caldwells schmalen, kleinen Wunderwerken, ein paar Sachen von Liam O'Flaherty, John McGahern, Grace Paley und Faulkner, den kompletten Chandler und eine Ausgabe von Jim Harrisons *A Good Day to Die.* Außerdem einen fetten Schinken mit Robinson Jeffers' Gedichten und diverse Tier- und Pflanzenführer. Mein Wörterbuch und den Thesaurus natürlich, und mein Platoon-3039-Rekruten-Jahrbuch – aus dem Jahr, das sonst mein erstes auf der High School gewesen wäre. Schließlich Ausgaben meiner eigenen Bücher.

Binnen sieben Minuten war ich umgezogen und hatte mich gemütlich eingerichtet.

Die nächsten paar Tage waren eine Pracht, eine Abfolge schlichter Freuden und toller Intermezzi.

Big Annie äußerte sich besorgt über den Zustand meiner unsterblichen Seele und ging daran, sie wieder aufzupäppeln. Sie hängte ein indianisches Amulett über mein Bett. Eines Nachts tat mir beim Liegen was weh, und ich knipste das Licht an und fand Kristalle unter dem Kissen und der Matratze. Ich ließ sie dort liegen, und als ich Big Annie für die spirituellen Hilfsmittel dankte, mit denen sie mich umgeben hatte, sagte sie: «Du hast eine alte Seele, Doyle. Viele Leben.»

Mir glühten die Ohren, als ich das hörte, aber ich antwortete mit einer Lüge: «An solchen Blödsinn glaub ich nicht.»

Man äußerte erhebliche Bedenken, was die Sicherheit der Geldplantage anging, aber Smoke sagte: «Die sind zu faul, um vor der Ernte abzuräumen, Springer und die Dollys. Ich schätz mal, die lassen uns ernten und die Brote backen, und dann müssen wir uns 'n Kopf machen.»

In der Regel füllten Smoke und ich eine Kühltasche mit eiskaltem Bier und spielten schon kurz nach Tagesanbruch Golf, um der Hitze zu entgehen. Unser Wettstreit auf dem Kuhfladen-Golfplatz wurde verbissener, wie das bei Rivalitäten zwischen Brüdern fast immer so ist. Wir knallten die Bälle über die weiße Wiese, lernten den Platz genau kennen, und bald lagen wir beide unter 140. Am Tag darauf schienen 130 machbar. Smoke war zwar der bessere Sportler, aber ich hatte dafür oft richtiges Golf gespielt – mit einem Schriftstellerkollegen in Kalifornien, einem sehr distinguierten Ausgestoßenen der feinen Gesellschaft von Palo Alto, der ein Treuhandvermögen und Mitgliedsausweise für diverse Privatclubs besaß –, deshalb gewann ich jede Partie.

Als mir mal was über meine Erfahrungen rausrutschte, fand Smoke das unfair.

«Aber du hast den Platz entworfen», sagte ich. «Man entwirft sich keinen eigenen Golfplatz, um sich darauf schlagen zu lassen.»

«Ich könnte ihn einfach umgestalten», sagte er. Dann packte er mich, hob mich über seinen Kopf und wirbelte mich herum. So scheußlich muß sich Ginger Rogers manchmal gefühlt haben. Das können nicht viele Männer mit mir machen, und ich hatte das große Pech, daß einer davon mein Bruder war. Er erinnerte mich an das Gesetz des Dschungels, er könnte mir das Genick brechen, sobald ihm danach war. «Wir kombinieren das», sagte er und drehte sich mit mir. «Ein bißchen Golf und ein bißchen Wrestling.»

Mir wurde schwindelig, und ich lachte, und Smoke lachte auch. Er setzte mich ab, und ich mußte mich erst mal hinhocken, um wieder einen klaren Kopf zu kriegen.

Ich sagte: «Wenn du morgen bis auf sechs Schläge an mich rankommst, dann bloß, weil ich Mitleid mit deinem plumpen Arsch gekriegt hab.»

Smoke legte den Kopf auf die Seite und grinste.

«Deshalb mag ich dich, Doyle. Du bist einfach zu doof, um zu wissen, wann Schluß ist.» Er nickte ein paarmal. «Einer wie du reißt eines Tages vielleicht mal was Großes.»

Niagra spielte allabendlich die Küchenfee, und die Zaubertricks gingen ihr nicht aus. Eines Abends bestand ihre Hillbillyette-Überraschung aus *Pappadelle con il ragù di fegatini*, einer Zungenbrecher-Umschreibung für breite, hausgemachte Nudeln mit einer fabelhaften Hühnerlebersauce. An einem anderen Abend gab es *Coq au vin*, eines meiner

Lieblingsgerichte. Dann durchkreuzte sie meine kulinarischen Erwartungen, machte einen Bogen um die europäische Küche und servierte Navy-Bohnen mit Speck auf Maisbrot, dazu Rosenkohl und gekochte Steckrüben. Richtig gutes Redneckfutter.

Beim Essen ließ sie mich nicht aus den Augen, und es fiel mir nie schwer, ordentlich zuzulangen.

Einmal fuhr nach dem Abendessen (der Redneckplatte) ein eingestaubter Chevy auf dem Feldweg vorbei, und Big Annie sagte: «Ich wette, das ist 'ne Wagenladung Dollys, die uns ausspionieren.»

Eines Nachmittags lag ich auf der faulen Haut, als mir dieses gewisse Ad-hoc-Grauen durch die Glieder fuhr, das Autoren so fürchten. Das heißt, Niagra platzte mit ihrem Drehbuch in meinen Wohnwagen. Es war heiß, und ich war nicht schnell genug mit einer Ausrede bei der Hand, um der Sache zu entgehen. Ich nahm auf der Veranda Platz und murmelte irgendwas, daß ich es liebend gern lesen würde.

Während ich las, brachte sie mir Bier. Sie hatte nur etwa sechzig Seiten geschrieben, und ich war erst beim zweiten Bier, als sich ein zweites Schriftstellergrauen breitmachte: Eine absolute Scheiß-Anfängerin, auf die du ein Auge geworfen hast, steckt dir einen selbstgeschriebenen Text zu, der ihr am Herzen liegt, und trotz der jahrelangen Übung und Erfahrung fällt dir beim besten Willen nicht ein, wie du ihn verbessern, geschweige denn veröffentlichungsfähig machen könntest, aber du mußt dir irgendeine freundliche Scheiße einfallen lassen, damit sie lächelt und dich liebhat, und dir nicht augenblicklich spinnefeind wird. Sie hatte es *Der Goomer-Doktor* betitelt, und es handelte von einem Mädchen namens Falls, eine Hippie-Ausgeburt, die mit ihrer Mutter Large Lucy im Wald lebt. Falls wurde immer aus dem Haus gescheucht, wenn Large Lucy Herrenbesuch empfing, und dann kletterte das kleine Mädchen in die Astgabel eines hohen Baumes, den ich an der Seite des Hofs sehen konnte, und während es lauschte, wie Large Lucy ihrem Besuch zu Diensten war, phantasierte es vor sich hin. Bizarre, aber freundliche Lebensformen bevölkern ihre Phantasien, und eines Abends folgt sie einem leuchtenden Kojoten tief in den Wald, und der leuchtende Kojote führt sie zu einer Höhle, in der ein männlicher Goomer-Doktor lebt. «Goomer-Doktor» ist im Grunde ein alter Hillbilly-Ausdruck für eine Hexe, obwohl sie beiderlei Geschlechts sein können. Der Goomer-Doktor nimmt sich Falls an und beginnt, sie in die schwarze Magie einzuweihen. Nur ein Goomer-Doktor des anderen Geschlechts vermag einen Neuling in den Schoß der Gemeinde aufzunehmen. Die beiden müssen sich geschlechtlich vereinen, um die volle Zauberkraft zu entfalten. Falls ist erst elf, und Goomer-Doktoren sind nicht pervers, deshalb stehen ihr noch ein paar Jahre Schulbankdrücken bevor, bis sie die Goomer-Doktorwürde erlangen kann.

Schnitt: Falls mit sechzehn. Jetzt singt sie «Knochenknacker, Heiliger Geist, Doppeldotter! Knochenknacker, Heiliger Geist, Doppeldotter!» und ähnliche Zaubersprüche. Sie hat die richtige Formel gelernt, mit der man einen Goomer herbeizaubert. Sie weiß jetzt, wie sie jemanden in ein Sumpfkaninchen oder eine Krähe verwandeln kann, wie man Flüche ausstößt und jemanden mit einem Bann belegt, aber die Inauguration ist immer noch nicht vollzogen, und deshalb bleiben all ihre Kenntnisse der schwarzen Magie rein theoretisch. Dann nimmt der Goomer-Doktor sie mit auf den Friedhof, um ihr dort die volle Macht zu übertragen – mit blankem Arsch auf dem Grabstein eines Heiden; aber er ist alt geworden, hat zu viele Flüche auf sich geladen und erweist sich als impotent.

Falls ist verzweifelt und will schon aufgeben.

Da erzählt der Goomer-Doktor, er würde drüben am Bull Shoals Lake einen jungen Goomer-Doktor mit beträchtlichen Fähigkeiten kennen, und an dieser Stelle brach der Text ab.

Niagra sah mir zu, wie ich zu Ende las. Sie stand barfuß in einem roten Baumwollkleid da und wartete auf mein Urteil.

«Liest sich gut», sagte ich schließlich. «Aber der Aufbau stimmt nicht ganz, und in den meisten Filmen gibt es schon ein bißchen mehr Dialoge.»

«Film ist ein visuelles Medium», sagte sie. «Deshalb hab ich mich aufs Visuelle konzentriert.»

«Trotzdem hast du nur etwa fünfzig Zeilen Dialog.»

«Stimmt», sagte sie. «Ich mag Montagen lieber.»

Ich wollte Zeit schinden. Ich steckte mir eine an. Ich ließ eine Bierdose zischen.

«Das mit dem Goomer ist gut», sagte ich.

«Da kenn ich mich aus», sagte sie. Sie stand immer noch in ihrem roten Kleid über mich gebeugt, und ich wollte mir die Chance nicht verbauen, ihr ein derartiges Kleidungsstück je ausziehen zu dürfen. «Ich hab mich viel mit Goomer-Doktoren beschäftigt. Da ist 'ne Menge dran, weißt du.»

«Ja, natürlich.»

«Das ist mein größter Trumpf», sagte sie. «Wenn ich nach Hollywood komme, tja, dann zauber ich einfach auf dem Sunset Boulevard einen Goomer herbei, und dann noch einen in Burbank, für die Fernsehsender.» Sie lachte, ein bißchen selbstbewußter inzwischen. «Wenn du dich rasierst, zauber ich für dich auch ein, zwei Goomer herbei, Doyle. Du könntest ein, zwei gute Goomer auf deiner Seite gebrauchen, die dich ordentlich in Fahrt bringen.»

Niagra, so zum Anbeißen hoffnungsfroh, sieht mich an und hat Angst, ich könne ihre Zukunftsvision nicht teilen. Sie fürchtet, ich könne ihr sagen, daß die Welt ihr nicht so ohne weiteres und vielleicht gar nicht gestatten wird, ihren Traum zu verwirklichen. Daß ihr Traum nur eine Phantasie ist, an der man sich eine Weile festhält, die aber eines scheußlichen Nachts, ein Stückchen weiter die Straße des Lebens hinab, erschlaffen und sich um ihren hübschen Hals zusammenziehen wird. Ich will ihr das nicht sagen. Das werde ich nicht tun. Denn diese jugendlichen Traum-Jahre sind mit Abstand die besten; wenn man noch Mut und Selbstvertrauen hat, energisch dahingaloppiert und es mit allem und jedem aufnimmt – blauäugig vielleicht, aber mit Begeisterung. Bis zu der Nacht, in der der Traum erschlafft und zur Schlinge wird.

«Jawohl, Ma'am», sagte ich. «So könnte meine nähere Zukunft aussehen.»

10 Der schwarze Hund

«Du bist süß», sagte Niagra. Dieses Kompliment war die Belohnung dafür, daß ich meinen Bart in den Abfluß gespült hatte. «Außerdem siehst du jetzt dreieinhalb Jahre jünger aus.»

«Grazie.»

Wir befanden uns auf dem dunklen Abschnitt des ausgetrockneten Flußbetts. Der Halbmond schien, und ein leichter Stinktiergeruch parfümierte die Nacht. Irgendwas kribbelte mir in der Nase. Imaru wurde angepiept, aber die Botschaft war unverständlich.

Ohne äußeren Anlaß, es sei denn, meine unzweideutigen telepathischen Memos hatten gefruchtet, fragte Niagra: «Machst du's Frauen mit der Zunge?»

«Nur wenn ich darf», antwortete ich. «Sonst nicht.»

«Aha. Hab ich mir gedacht.»

An der Geldplantage angelangt, verlegten wir den Schlauch und bewässerten den Boden. Niemand sagte ein Wort. Sie trug wieder die Shorts, die ihren Hintern nur beinahe bedeckten, dazu die flammenzüngelnden Stiefel und ein blaues rückenfreies Top.

Schließlich platzte ich heraus.

«Niagra, ich warne dich nur dieses eine Mal. Zieh mich nicht auf, und verscheißer mich nicht.»

«Ich hab's gehört.»

Als das Wasser in den Garten gegluckert war, kam sie, statt in den Toyota zu steigen, an meine Seite gehuscht und nahm meine Hand.

«Ich möchte dir was zeigen», sagte sie. «Komm mit.»

Ich folgte ihr, als wäre sie ein leuchtender Kojote. Sie hatte mich in ihr Märchenreich entführt. Sie ließ meine Hand nicht los und führte mich durch den dichten, gruseligen Wald, über einen Hügel und um einen Teich herum. In dieser Nacht stachen die Moskitos, aber sie waren der einzige Bestandteil der Natur, der nicht in dem Zauber aufging.

Nach ungefähr einer Viertelstunde kam Tararum in Sicht. Das Erdgeschoß des Hähnchenschenkelpalasts war hell erleuchtet, und Zitrusöllampen flackerten im ganzen Innenhof und um den Pool herum. Schatten wanderten umher, und man hörte Stimmen und gelegentlich ein Platschen.

«Ist das nicht schön?» fragte Niagra.

«Kann schon sein.»

«Wenn ich das sehe», sagte sie, «schreit meine ganze Seele: Haben! Haben! Haben!»

«Ich hab Schönere gesehn», sagte ich. «In den Vororten von Palo Alto, Pacific Heights und Carmel, in Kalifornien. Und in Mission Hills in K. C.»

Vor Aufregung preßte sie meine Hand zusammen.

«Ach, Doyle», sagte sie. «Bei was Schönerem als Tararum würd ich in Ohnmacht fallen, schätz ich mal, so laut würd's in mir schrein.»

Sie führte mich weiter, nicht auf Tararum zu, sondern am

Haus vorbei. Ihre Hand lotste mich über ein frischgemähtes Rasenstück, und ihr blondes Haar schimmerte. Sie führte mich zu einer Gartenlaube, oder einem Teehaus, oder was es auch war, gut hundert Meter von Tararum entfernt, in der Nähe des Howl. Von der Stelle aus, an der ich den Katzenwels gefangen hatte, war die Laube durch eine leichte Anhöhe verborgen, deshalb hatte ich sie damals nicht gesehen. Ein Pfad führte von hier direkt auf das Haupthaus zu. Die Gartenlaube hatte die Form einer Glocke, so in der Richtung, und am Dachvorsprung prangte jede Menge ornamentales Schnitzwerk. Es waren sechs Treppenstufen bis zur Plattform, und wir gingen hinauf.

Die Gartenlaube war leuchtend weiß gestrichen, und weil der Mond schien, konnte man einigermaßen sehen, nicht völlig deutlich, mehr wie in einem Weichzeichner-Kunstfilm. Niagra ließ meine Hand los, ging ans Geländer und blickte zu Tararum hinüber.

«Das ist mein Geheimversteck», sagte sie.

Sie stützte sich auf das Geländer und streckte sich, und die Shorts rutschten ihr den Arsch hoch; dann stellte sie sich in den flammenzüngelnden Stiefeln auf die Zehen, und die Shorts rutschten noch weiter hinauf und schoben sich wie eine Bikinischnur zwischen ihre Backen.

Ich fiel auf die Knie und folgte ihnen.

Ich umfaßte von hinten ihre Taille, öffnete die Shorts und riß sie mit einem Ruck auf die Knie runter. Sie trug einen weißen Schulmädchen-Slip aus Baumwolle, und ich zog ihn einfach beiseite und schob die Nase zwischen ihre Backen und die Zunge in ihren Busch. Ich drückte Niagra ein bißchen nach vorne, damit ich besser rankam, und als ich vielleicht sechsmal geleckt hatte, wurden ihr die Knie weich, sie stöhnte und sagte: «Ich bin noch Jungfrau.»

Meine Antwort lautete: «Mmff.»

«Ich muß mich hinlegen, Doyle. Meine Beine wollen nich mehr.»

Ich zog sie auf den Boden der Gartenlaube, und sie schob die Shorts und den Slip runter auf die Knie, und ich tauchte unter dem Klamottenknäuel durch und machte mich hungrig, hungrig, hungrig an ihre jungfräuliche Musch.

Ich fühlte mich inspiriert. Sie war so voller Nektar, voll göttlichem Honig, ein Zaubertrank. Sie war das Lied, das mir immer vorgeschwebt hatte. Ich führte die Zunge wie Picasso den Pinsel – kurze, zarte Striche über die Klit und die Lippen, dann winzige, sanfte Kreise um den Glücksknopf, dann auf und ab. Ich schob ihr beide Hände unter den Hintern, wanderte damit umher, packte fest zu und hob sie hoch, um tiefer hineinzukommen. Die flammenzüngelnden Stiefel schlugen gegen den Holzboden, und es klang wie eine Urwaldtrommel, und in Tararum drosch jemand auf ein Klavier ein.

«Oh, mach's mir», sagte Niagra. «Mach's mir richtig schlimm.»

Ich sog an ihrer Möse und fühlte mich entrückt und erleuchtet, nur daß ich einen Mordsständer hatte. Die Stiefel schlugen zum Klaviergeklimper, und als sie kam, schrie sie ein orgasmisches Halleluja.

Ich kroch hervor und setzte mich schwer atmend auf.

Niagra lag da und sah hinreißend aus, aufreizend und zauberhaft. Sie hatte die Augen geschlossen und zupfte sich mit den Fingerspitzen durch das Hemd die steifen Brustwarzen.

«O Gott», sagte sie. «So was Irres. Das war wirklich gut.»

Ich kriegte kaum wieder Luft, und schwupp, so schnell

ging das, verlangte meine eigene Natur nach ihrem Recht. Ich stand auf, posierte im hellen Mondschein in der weißen Gartenlaube und schnallte den Gürtel auf. Mein Spürhund schob die Schnauze ans Licht und wollte auf ihren brünetten Busch los.

Niagra sah hoch, und dann verblüffte sie mich.

«Was machst du da?» fragte sie. Augenblicklich und instinktiv wollte sie fliehen. Sie sprang auf, zog die Hose hoch und knöpfte sie zu. «Was bildest du dir ein, Doyle?»

«Was ist denn in dich gefahren?»

«So weit bin ich noch nicht», sagte sie. «Fertig aus.» Sie trippelte rückwärts. «Es ist wichtig, daß ich Jungfrau bleibe.»

«Das ist doch hoffentlich ein schlechter Scherz», sagte ich.

Sie biß sich auf die Unterlippe. Sie senkte den Kopf. Sie warf die Mähne zurück.

«Ich muß nach allen Regeln der Kunst entjungfert werden», sagte sie. «Ich mein's ernst mit der Magie, Doyle. Es muß um Mitternacht auf einem Friedhof geschehn.»

«Hab ich dich nicht gewarnt?»

«Ja, schon, aber hör zu. Ich muß auf dem Grabstein eines Heiden das Vaterunser rückwärts aufsagen und sieben Silberkugeln abfeuern, und dann …»

Ich stürzte mich auf sie, aber sie huschte zur Seite und stiefelte die Stufen hinab, über den frischgemähten Rasen, auf den Wald zu. Ihr schimmernder Schopf verschwand im dunklen Dickicht.

Niagra ließ mich am Boden zerstört im Schatten zurück, wachsweich vor unerfüllter Sehnsucht, kurz vor einem massiven Testosteronkoller.

Vier Luckies später kam ich am Wagen an. Ich hatte dicke Eier und eine Scheißlaune. Ich sagte ihr, sie solle mit ihrem dummen Arsch rüberrutschen und mich fahren lassen. Sie widersprach nicht. Sie rutschte rüber und legte die Hand fluchtbereit auf den Türriegel.

Ich gab dem Toyota Saures und knallte ihn blind das Flußbett entlang, vier- oder fünfmal schneller als Niagra sonst. Es war stockdunkel in dem Tunnel aus Bäumen, die zu beiden Seiten über das Flußbett ragten und in der Mitte die Äste ineinanderschoben. Beim Fahren sah ich sie unverwandt an, während Steine gegen das Chassis und die Kotflügel prasselten und der Truck wild holperte, aber sie hielt sich weiter an der Beifahrertür fest und blickte unruhig umher.

«Wie konntest du mir das antun?» fragte ich. Sie sah mir nicht in die Augen. «Würdest du mich bitte ansehen?»

Niagra wandte mir das Gesicht zu und runzelte wie eine Idiotin die Stirn. Dann sah sie nach vorn und riß den Mund auf. Sie hob die Hand, um durch die Windschutzscheibe auf etwas zu zeigen, aber bevor ich wußte, was sie meinte, gab es einen heftigen Knall, und irgendwas schleuderte mit Wucht über die Motorhaube und die Windschutzscheibe.

«Was zum Teufel war das?» fragte ich.

«Der schwarze Hund!» schrie sie.

«Vielleicht ein Hirsch.»

«Der schwarze Hund!» sagte sie. «Schwarze Hunde treiben sich hier immer rum, um Unheil zu stiften.»

«Hör verdammt noch mal endlich auf mit deinen Zauberern und schwarzen Hunden und der ganzen Scheiße! Bitte!»

Danach sprach sie leiser.

«Ein schwarzer Hund. Er hat mit der Pranke über die Windschutzscheibe gekratzt.»

11 Augen wie gekochte Zwiebeln

Ich habe das Gefühl, zur gleichen Zeit in mehr als einer Welt zu leben – und überall ist man hinter mir her. Tückische Welten. Rachsüchtig. Parallele, erbarmungslose Welten, die mir jetzt alles heimzahlen, was ich als anderer Mensch in einer anderen Zeit verbrochen habe.

Genauso fühle ich mich. Das Gefühl, Tag und Nacht gejagt zu werden, liefert mir reichlich mitternächtliche Seelenqualen und Gänsehaut rund um die Uhr.

Während der Szene im Schuppen, nach der Begegnung mit dem schwarzen Hund, fühlte ich mich wieder mal aus der Bahn geworfen; ich hing wohl zwischen unterschiedlichen Welten fest und beobachtete deshalb alles aus großer Höhe und mit kühler Distanz, einerseits war ich dabei, andererseits auch wieder nicht.

Ich ließ die Scheinwerfer brennen, nachdem ich mit dem Wagen in den Schuppen gebraust war. Die verwitterten Bretter warfen das Licht zurück und erhellten den Raum. Ich stieg aus und suchte auf der Motorhaube des Toyota nach Dellen, nach einem Waschbärschwanz im Kühlergrill oder einem Fellbüschel von einem Hirsch.

Ich murmelte irgendwas vor mich hin, so was wie: «Ist weiter nichts passiert.»

Dann schrie Niagra. Sie saß noch in der Fahrerkabine, blickte aber durch die Heckscheibe auf die Ladefläche, und unter ihr Geschrei mischten sich von dort hinten Flüche und Gestöhne.

Ich rannte hinüber, sah mir das an, und mir wurde schlecht.

Auf der Ladefläche lag ein schwarzgekleideter Mann. Ein Bein war ihm über dem Fußknöchel aufgeplatzt, der weiße Knochen ragte hervor, und darunter hing der Fuß in die falsche Richtung. Jede Menge Blut. Sein Gesicht ging von den Wangen bis zum Haaransatz auf wie ein Brotteig, nur daß es dunkelrot war. Der Mann schien weder allzugroß noch allzujung zu sein, und er war komplett hinüber. Seine Augen waren blau, mit extra viel glitschigem Weiß um das Blaue herum. Augen wie gekochte Zwiebeln.

Niagra schrie: «Das ist ein Dolly! Ein verdammter Dolly!»

Der Mann in Schwarz hatte Schwierigkeiten mit den Schultern; sein rechter Arm zuckte nur schlaff. Eine blasse Tätowierung zwischen Daumen und Zeigefinger der zugehörigen Hand zeigte eine große Spinne.

Ich schlich mich aus dem Schuppen hinaus in die Nacht. Dann stand ich da, und zehntausend Glühwürmchen flakkerten über dem ganzen Land. Der Hund lief mit großen Sätzen an mir vorbei in den Schuppen, und Niagra schlurfte ins Freie. Sie umarmte mich von hinten und legte den Kopf auf meine Schulter. Wir standen zitternd beieinander und rangen um Fassung.

«Jetzt geht's ans Eingemachte», sagte ich.

«Ich weiß», sagte sie. «Du siehst ja keine Schreckgespenster, oder?»

«Schön wär's.»

Zurück im Schuppen sprang Damned Spot wedelnd um den Mann in Schwarz herum, der sein Körperwrack aus dem Wagen auf den Boden gezerrt hatte und wegkriechen wollte. Während er vorankroch, wackelte der zerborstene Knochen, und der Mann brüllte vor Schmerz.

«Scheiße», sagte ich.

Der Mann kroch weiter, und mir schoß ein beängstigender Gedanke durch den Kopf: Waren alle Dollys so todesverachtend wie der hier?

Niagra kam dazu, schob den Stiefel unter den Mann in Schwarz und drehte ihn auf den Rücken. Die Rolle rückwärts ließ ihn aufschreien.

«Ich weiß nicht, wie er heißt», sagte sie. «Aber er ist einer der Anführer.»

Der Mann spuckte nach ihr, und sie sprang zurück, außer Spuckweite.

Die gekochten Zwiebelaugen glotzten qualvoll und entschlossen zu uns hoch. Seine linke Hand tatschte an seinem Hosenbund rum.

«Ich ertrag das nicht», sagte Niagra. «Wir müssen ihm Gnade widerfahren lassen.»

«Gnade?»

«Mmm. Ein Schuß in den Kopf, damit sein Leiden ein Ende hat.»

«Ich weiß nicht, ob ich das kann.»

«Laß mich das mal klarstellen», sagte Niagra. «Er ist ein Dolly, der uns nachspioniert, um uns ausrauben zu können, und deshalb können wir ihn nicht davonkommen lassen.»

«Aber ihn einfach töten? Ich weiß nicht.»

Der Ladystinger steckte in meiner Tasche. Niagra nahm ihn.

«Meinst du, wir sollten ihn aufpäppeln wie ein krankes Kaninchen, oder was? Und ihn dann wieder im Wald freilassen?»

«Halt die Schnauze», sagte ich. Ich konnte nur dastehen und auf den Dolly hinabblicken, und die gekochten Zwiebelaugen des Dolly waren schrecklich anzusehen, schmerzerfüllt, aber zu allem entschlossen. «Scheiße, er hat 'ne Pistole.»

Der Dolly unternahm den kläglichen Versuch, mit der linken Hand einen Revolver zu heben, einen 38er, aber sein Daumen war wohl gebrochen oder ausgerenkt. Es ging nur sehr langsam. Seine Augen fixierten mich, sein Zielobjekt, und unter dieser intensiven Aufmerksamkeit erstarrte ich. Die Schriftstellermacke, zu beobachten statt zu handeln, hatte mich voll im Griff. Ich war in eine beobachtende Trance verfallen. Mir fiel auf, daß der Mund des Dolly nach rechts verzerrt war, daß unter seiner Nase ein paar graue Bartstoppeln beim Rasieren stehengeblieben waren, während er schwarze Kopfhaare hatte, mit nur einzelnen grauen Strähnen, daß auf dem schwarzen T-Shirt, das der Mann trug, das Emblem der St. Louis Cardinals prangte, in Rot, über dem Herzen, daß er endlich den Revolver zu packen kriegte und über die Gürtelschnalle hob, eine Schnalle mit einem Pferdekopf im Profil drauf, umgeben von einem Hufeisen; und ich, der Schriftsteller, stand wie versteinert da und wollte ein Gedicht in Prosa oder eine Erzählung aus dieser Situation ziehen, die gut damit enden konnte, daß ich erschossen wurde.

Niagra ging in die Hocke und feuerte den Ladystinger ab. Sie traf den liegenden Dolly in den Bauch, stöhnte dann auf und ließ die Pistole fallen – die noch einen kleinen Radschlag machte, bevor sie am Boden liegenblieb.

Ungefähr an diesem Punkt ergriff der Hund die Flucht.

Nach dem Schuß senkte der Dolly die Pistole, aber er war nicht tot.

Ich hob den Ladystinger auf, und das Mädchen schrie irgendwas von Gnade, und der Dolly versuchte immer noch, durch das Stroh und den Dreck auf dem Scheunenboden davonzukriechen.

Ich glaube, ich sagte: «Heute abend ist nicht mein erstes Rodeo ... Aber so was hab ich noch nie gemacht. Smoke und ich haben ein paar Sachen durchgezogen, wo wir mit Knarren rumgefuchtelt haben, aber wir haben sie nie benutzt. Einmal, als ich auf der KU war und meinen Abschluß in Englisch gemacht hab, hat mir so 'n Rock 'n' Roll-Typ, 'n Schlagzeuger, 'n Briefchen Speed weggeschnieft, und dem hab ich 'ne Knarre übers Ohr gezogen. Aber der Junge hat überlebt.»

«Stop!» schrie Niagra. «Stop!»

Der Mann in Schwarz war noch nicht sehr weit gekrochen; eine Blutspur auf dem Boden markierte seine beschissene Reiseroute.

«Ach, Imaru», sagte ich. Dann zielte ich auf den Dolly und leerte das Magazin des Ladystinger in seinen Rücken. Kleine Blutwölkchen spritzten hoch, so ähnlich wie die Spritzer, wenn man Pennies in einen Wunschbrunnen wirft. «Da hast du deine Gnade, Mädchen.»

12 «Peace in the Valley»

Bestimmt haben Sie schon mal in der Zahltagsnacht einen betrunkenen Kumpel geschultert und die Stufen zur Haustür hochgetragen oder Ihre Liebste von der Küche ins Schlafzimmer geschleppt. Aber die Toten haben ein anderes Gewicht. Sie versuchen nicht, unterstützend mitzuwanken oder für eine bessere Balance die Arme um den Hals zu legen. Selbst die kleinwüchsigen Toten, das sollte ich feststellen, haben ein stures, klobiges Gewicht.

Es war meine Aufgabe, die Leiche in den Wald zu tragen. Entweder hatte ich das verdient, oder es war eine Strafe oder eine moralische Pflicht, ich bin mir nicht sicher, aber die Entscheidung fiel wortlos und einstimmig. Ich trug ihn im Feuerwehrgriff, das war am einfachsten, und ich fühlte Dolly-Blut meinen Rücken hinablaufen, und der Leiche dicht neben meinem Ohr entwich ein gruseliges Gluckern und Furzen.

Smoke ging voran. Er trug eine kleine Taschenlampe und eine schwere Magnum – für den Fall, daß weitere Dollys herumschlichen. Big Annie legte eine nicht sonderlich hippiemäßige Facette ihres Charakters an den Tag und schwang eine großkalibrige Schrotflinte, mit der sie offenbar gut umzugehen wußte. Niagra nahm die Schaufel und hatte einen mittelschweren Murmelanfall. Sie flüsterte irgendwelchen Schwachsinn, grandiose Zauberformeln vermutlich, aber ihr Gang war lautlos.

Um unentdeckt zu bleiben, folgten wir keinem Weg, sondern schlugen uns durchs Unterholz. Es war eine Schufterei, den Dolly durch Dornenranken und Gestrüpp über den unebenen Boden zu schleppen. Ich genoß die körperliche Anstrengung und die Erschöpfung, denn sie beruhigte mich als Doyle – aber die Gewißheit umgab mich, daß für Imaru solche Ereignisse nichts Neues waren.

Die Schüsse hatten mir noch in den Ohren geklungen, als Smoke und Big Annie in den Schuppen gerannt kamen. Sie erfaßten schnell die Lage, zogen wortlos die richtigen Schlüsse, und Smoke umarmte mich, während Big Annie ihre Tochter in die Arme schloß.

Niagra schilderte dem Rest der Gang in erstaunlich kühlen und präzisen Sätzen und in allen Details die Abfolge der Ereignisse, während ich zwischen Welten schwankte und wie zugekifft nicht wußte, durch welches Jahrhundert ich im Moment spukte. Ich hatte gerade einen ungeschönten, fürchterlichen Einblick in Imarus Charakter wegstecken müssen – und in seine/ihre Probleme mit jeder Welt, die er/sie durchquerte; und ich begriff, daß er ein frei durch die Zeit treibender ewiger Außenseiter und Hitzkopf war. Diese frische Selbsterkenntnis radierte für die Zukunft alle hoffnungsfrohe Ungewißheit aus.

Ich hoffte, meine nächste lebenslängliche Haftstrafe als verhätschelter Rassehund zu verbringen, der aus der Auslage von Zabar's an der Upper West Side eine Tüte Kekse stibitzte und mit dem Geisterreich ins reine kam, indem er auf ein exklusives Trottoir kackte.

«Seht mal, die Spinne», sagte Smoke. Er bückte sich und hob die rechte Hand des Toten. «Diese Spinne ist berühmt. Die gehört zu einem hundsgemeinen Dolly, den sie alle Bunk nennen. Ich glaube, irgendwie muß das Bunk sein.»

«Er ist es», sagte Big Annie. «Das Gesicht kenn ich.»

«Wenn er vor einen Laster geknallt wär, würde er jedenfalls so aussehen.»

Smoke lachte auf, und sein Lachen klang nicht besonders tröstlich. Es schien den Verstorbenen irgendwie zu verhöhnen, und dann klärte Smoke uns über die berühmte Spinnentätowierung auf der Hand des Toten auf.

Bunk Dolly war ein Überbleibsel der diversen Dolly-Clans, die sich in den Dreißigern in den Staatsforsten breitmachten, drüben am Twin Forks River, gleich hinter dem BB-Highway. Als sich herausstellte, daß es ein viel zu gefährliches Unterfangen war, sie alle zu vertreiben, erlaubte man ihnen zu bleiben. Die BB-Dollys werden von manchen verehrt und von anderen gehaßt, denn ihr Faible für Brandstiftung und hinterhältige Überfälle brachte ihnen einen ganz entzückenden Grundstücksdeal ein, von dem niemand außer ihnen profitierte. Seitdem leben sie dort und überfallen von dem erstklassigen Waldland aus, für das sie nie auch nur einen Penny bezahlt haben, die Scheunen und Schweineställe ihrer Nachbarn.

Bunk mußte ungefähr dreiundvierzig sein, und er hatte die Dolly-Laufbahn auf exemplarische Weise eingeschlagen. Er erklomm die Dolly-Karriereleiter Stufe um Stufe, und es schien ihm auch noch Spaß zu machen. Besserungsanstalt, Stadtgefängnis, dann die große Nummer in Jeff City, wo es vermutlich genug Dollys gibt, um einen Gesangsverein zu gründen. Wie viele strunzdumme Gewohnheitsverbrecher hatte sich der alte Bunk mit leicht zu identifizierenden Tätowierungen vollkleistern lassen, was natürlich seine Chancen erhöhte, nach jeder Entlassung schnell zu seinem Gesangsverein zurückzukehren.

Vor sieben oder acht Monaten hatte er im offenen Vollzug in Kansas City nur noch sechs Wochen abzusitzen, als er auszubrechen beschloß, und zwangsläufig floh er auf den BB-Highway und fing an, Dorfläden zu überfallen. Seinen letzten Bruch zog er in West Table durch, wo er Caulkins' Lebensmittelladen, direkt bei der High School, ausrauben wollte. Er hatte sich ein paar kriminelle Finessen angeeignet und trug eine Halloween-Maske, ein Tuch um den Hals und eine Sonnenbrille unter der Maske, aber als er seine abgesägte 410er Ein-Schuß-Flinte auf die Kassiererin richtete, muß ihm aufgefallen sein, daß er die Handschuhe vergessen hatte. Er feuerte eine Ladung Schrot ab, doch die Verkäuferin, ein Mädchen namens Chichester, mit dem ich zur Schule gegangen bin, wurde nicht getötet, sondern nur für alle Zeit verstümmelt.

Dank der Spinne auf seiner Hand war das Verbrechen ungefähr anderthalb Minuten später aufgeklärt, und seitdem hielt sich Bunk bei seinem Clan versteckt.

Jetzt verstand ich, warum Smoke gelacht hatte.

«Dann hab ich nicht so 'n schlechtes Gewissen, daß ich ihn umgebracht hab», sagte ich. «Paula Chichester und ich, Mensch, wir kennen uns schon aus dem Kindergarten.»

«Du solltest stolz sein», sagte Big Annie. «Karma ist Karma.»

«Ich wußte nicht mal, daß Paula angeschossen worden ist», sagte ich. «Jesus. In Bio war sie das Mädchen, das den Wackelpudding geküßt hat, weißt du, damit wir sehen konnten, daß sogar auf dem Kuß eines hübschen Mädchens Schimmel wächst. Und der wuchs. Ich weiß noch, als

Kind war Paula ganz wild aufs Bolzen; sie hat den Ball bis an den Zaun gedroschen. Dieses Arschgesicht hier hat's echt verdient. Ich meine, Scheiße, das *ist* gerecht, oder etwa nicht?»

Die Bodenbeschaffenheit der Gegend hier machte es zu einer elendig langwierigen Schufterei, das Loch zu graben. Die Felsen, die dünne Erdschicht, die Wurzeln überall dort, wo die Schaufel einstach. Das Grab erreichte nie die vorgeschriebenen Maße. Als wir erschöpft abbrachen, war es immer noch ziemlich flach und vielleicht dreißig Zentimeter zu kurz.

Wir waren alle verschwitzt und fertig von der Hitze und stanken nach Todesangst, Adrenalin und Anstrengung.

Der Dolly wurde ins Grab gezwängt, so eng es auch war, und seinen Kopf bogen wir zu der Seite, wo ein zweiter Kopf gewesen wäre, hätte er einen siamesischen Zwilling gehabt.

Wir deckten ihn mit Erde und Steinen zu, und dann sammelten wir Felsbrocken, um das Begräbnis abzurunden und das Grab zu verschließen. Es fehlte uns grade noch, daß sich Kojoten aus ihm ein Festmahl bereiteten, die Essensreste an Straßen oder Wegen liegenließen und die Leute sich fragten: Wem gehört wohl dieses Bein? Oder dieser Schädel? Oder: Die Spinne kommt mir bekannt vor.

Ich weiß nicht warum, aber Smoke stimmte auf Bunk Dolly einen Spiritual an. Er hatte sich für «Peace in the Valley» entschieden, ein wirklich bedeutungsvolles Kirchenlied – obwohl niemand von uns Aktien bei dem Verein hatte.

Unsere ganze Gang stimmte einigermaßen harmonisch in den Gesang ein, aber nach den ersten ein, zwei Versen brachten wir den Text durcheinander, und es klang stümperhaft und jämmerlich, vielleicht sogar blasphemisch.

Niagra seufzte: «Hört auf, bitte! Wir können nicht singen ... Wir kennen den Text nicht, und er hat das auch gar nicht verdient.»

Smoke brach das Lied mitten im Vers ab.

«Du hast recht, Kleine», sagte er. «Laßt uns auf ihn pissen.»

13 Die Wanne mit den Klauenfüßen

Ich stand eine ganze Weile auf der Veranda, blickfickte den Nachthimmel und wollte die Sterne herabstarren. Eine Blutkruste klebte mir im Nacken, auf dem Rükken und in den Haaren, und die Hosenbeine meiner Jeans waren so vollgespritzt wie bei einem daumenamputierten Schlachthofkuli. Ich betrachtete weiter die höheren Sphären und malte mir aus, daß gleich ein Komet vorbeirasen würde, in dessen Schweif eine Nachricht für mich ganz allein geschrieben stünde, deutlich sichtbar, in fetten Lettern. Ein Epigramm von ganz weit da draußen, das mir Aufschluß darüber geben würde, wie ich mich fühlen sollte, nachdem ich einen Menschen getötet hatte.

Bis dahin tendierte ich gefühlsmäßig zum «Okay», und ein bißchen zum «Na und?». Das ist das ermüdendste Gefühl – so traurig wie ein langes, langsames Cellosolo in tiefstem Moll. Absolute Leere. Der Tod ist der weiten Welt scheißegal, oder, wie Mister Stephen Crane mal sinngemäß gesagt hat, zumindest fühlt sich das Universum anschließend zu nichts verpflichtet.

Ich hatte mittlerweile ein paar bezeichnende Anekdoten und obszöne Fußnoten über das Universum aufgeschnappt, und eins wußte ich mit Gewißheit über das Schicksal: Es ist nicht aufzuhalten.

Die Fliegentür wurde zugeschlagen, und ich drehte mich um. Da stand die ganze Bande, zusammengedrängt auf dem Lichtfleck aus der Küche. Smoke kam zu mir, legte mir seine großen Hände auf die Schultern und drückte mich auf einen Stuhl. Er hob mein Bein hoch und zog mir erst den linken, dann den rechten Stiefel aus.

«Zieh dich aus», sagte er.

«Wie bitte?»

«Deine Klamotten, Doyle. Das sind Beweisstücke. Die müssen verbrannt werden.»

Einen Moment lang saß ich reglos da und überlegte, daß wir zwar eine Gang waren, daß ich aber mit einem Solo-Strip eine neue Phase der Vertraulichkeit einläuten würde. Ich hab mich mal mit viel Single-Malt-Scotch und Sinsemilla dazu breitschlagen lassen, für meine Frau und zwei ihrer Freundinnen zu strippen – in dem Glauben, damit den Grundstein zu einer der unvergeßlichsten Sexorgien meines Lebens zu legen, einer von Rockstar-Format –, aber als ich splitternackt dastand, bewarfen mich die Damen mit Popcorn und schoben ein Video mit *Mildred Pierce* ein. Als ich stoned und perplex das Feld räumte, sagte meine Frau: «Ich hab euch doch gesagt, daß er das macht.»

Aber das sah hier nicht nach einer Wiederholung dieser brutalen Tücke aus, also stand ich auf und zog mir das Hemd über den Kopf. Meine Bereitwilligkeit brachte die Gang auf Trab. Big Annie meinte, sie würde das Wasser einlassen, und ging ins Haus, während Niagra sich meine Stiefel schnappte und sagte, sie würde die Blutflecken abputzen. Ich leerte meine Hosentaschen, zog den Gürtel raus, und das war's.

Smoke trug die blutgetränkten Sachen zum Barbecue-Grill und schichtete sie zu einem losen Haufen auf. Er spritzte ordentlich Grillanzünder drüber.

Mit einem Streichholz steckte ich mir eine Lucky an und ließ es dann auf meine Klamotten fallen. Das Feuer griff erst nur langsam auf sie über, denn zischte es plötzlich auf, und ich sah nackt zu, wie sich meine Kleidung in einen Feuerball verwandelte. Die Hitzesäule stieg empor und brachte die Windspiele zum Klingen.

Die Flammen machten die Pfauen oben auf dem Schlafbaum nervös, und sie stießen Schreie aus, die mir einen Schauer über den Rücken jagten.

Smoke sagte: «Ich bin stolz, dein Bruder zu sein, Doyle. Wirklich stolz. Geh jetzt in die Wanne.»

Ich stolperte nackt ins Haus. Niagra war mit meinen Stiefeln beschäftigt und sah nicht hoch. Ich ging ins Badezimmer, und die große Wanne mit den Klauenfüßen war gefüllt. Auf dem Waschbecken brannte eine Kerze.

Das Wasser war so heiß, daß ich es gerade noch ertragen konnte, und die Wanne war groß genug, daß ein Mann sich darin ausstrecken konnte. Diese alten Klauenfußwannen sind doch die einzigen, in denen das Baden wirklich Spaß macht. Ich hatte den heißesten Sommer in der Geschichte von Kansas, über dreißig Tage, die den Jahrhundertrekord auf den Thermometern markieren, in einer Dachgeschoßwohnung zugebracht, in der eine Klauenfußwanne stand. Die Kerzen schmolzen, und die Erdnußbutter konnte man trinken. Ganze Familien schliefen in der klimatisierten Stadtbibliothek, und die alten Leute starben weg, als wäre Herzschlag in Kansas ein Volkssport. Dank der Wanne blieb ich gesund und am Leben. Ich ließ sie mit kaltem Wasser vollaufen und verbrachte darin vom frühen Nachmittag bis kurz vor Mitternacht meine Tage. Ich trank Falstaff-Bier aus einer Kühltasche und las Turgenjew, Jackie Susann, D. H. Lawrence und Mickey Spillane, bis die Hitze nachließ. Diese Wanne war meine Rettung.

Big Annie kam ins Badezimmer. Ich hatte sie inzwischen einigermaßen als Schwägerin akzeptiert, nur daß mich ihr sonniges Hippiewesen und ihre derbe Körperlichkeit prikkelig machten. Sie hatte sich das Hemd ausgezogen und hielt einen Kürbisschwamm in der Hand. Ihre Brustwarzen hatten den Durchmesser einer Kaffeetasse.

Sie beugte sich über die Wanne, tunkte den Schwamm ein und fing an, mich einzuschäumen. Ich verschwand bald unter dem Seifenschaum.

«Ich war früher mal Schwesternhelferin», sagte sie. «Entspann dich.»

«Ist das wahr?»

«Nein. Aber ich hab gedacht, daß du lockerer wirst, wenn ich das sag.»

Sie wusch mich, als wäre ich ein frischgeborenes Baby oder ein Greis, der zu lange gelebt hatte. Ich war keins von beidem – oder beides – und überließ mich ihren reinigenden Verrichtungen, und fühlte mich dabei vollkommen entspannt, warm und geborgen.

Als sie mir die Familienjuwelen schrubbte, sah ich Smoke im Türrahmen stehen, und er grinste wie ein frischgeficktes Eichhörnchen. Sie fuhr mit dem Schwamm über all meine geheimen Regionen. Anschließend drückte sie meinen Kopf unter Wasser, zog ihn wieder hoch und fing an, mir die Haare zu waschen. Während sie mir die Kopfhaut massierte, suchte sie nach Zecken.

«Du hast schönes Haar», sagte sie.

Bei der zweiten Runde Shampoo kam Niagra rein. Sie

biß sich auf den Daumennagel, vermutlich, um nicht gleich loszulachen. Dann nahm sie den Daumen aus dem Mund und sagte kichernd: «Ich hab deine Stiefel fertig.»

Big Annies Big Annies platschten ein paarmal gegen meine nasse Haut, aber bei mir rührte sich nichts.

«Hier hast du ein Handtuch», sagte sie, als ich sauber war. «Komm raus, wenn du magst.»

«Ich bring morgen noch einen um, Big Annie, wenn du das dann wieder mit mir machst.»

Sie frottierte sich die nasse Brust und lachte lauthals.

«Hör auf», sagte sie.

Ich blieb nicht lange in der Seifenlauge liegen. Mein Bett rief nach mir. Eine wohlige, tiefe Erschöpfung hatte mich gepackt. Ich ging mit dem Handtuch um die Hüften zum Wohnwagen.

Im Bett legte ich mich so hin, daß ich jeden einzelnen Kristall berührte. Ich brauchte sie alle. Ich sah zu dem Amulett hoch, das in der Nachtbrise schaukelte.

Ich war schon fast eingeschlafen, als Niagra ins Bett geschlüpft kam. Es schien nicht nötig, etwas zu sagen. Wir kuschelten uns aneinander, umarmten uns fest, und ich spürte ihren Atem an meinem Hals und ihren Herzschlag unter meiner Hand.

Ich glaube, wir hielten uns die ganze lange Nacht fest in den Armen, und kein gemurmeltes Versprechen, kein zarter Kuß konnte die Reinheit unserer köstlichen, liebenden Umarmung stören.

14 Hör auf die Pennies

Als die Sonne mich weckte, saß Niagra auf der Bettkante und betrachtete mich. Sie war schöner, als ich es verdiente. «Doyle», sagte sie. «Ich muß nur eins wissen. Wie ist das mit deiner Frau?»

Nachdem meine Frau den dritten langsamen Song hintereinander in den Armen des Gastdichters getanzt hatte, fand ich, es sei an der Zeit, meinen Koffer aus der Garage zu holen und von Spinnweben zu befreien. Sie tanzten ein hüftkreisendes rhythmisches *ballet d'amour* zu Smokey Robinson, das mir in aller Öffentlichkeit ihre Affäre unter die Nase rieb. Offensichtlich hatten sie während der vergangenen Woche in seinem Gäste-Cottage auf dem Campus mehr als nur Gedanken ausgetauscht. Er war in diesem Sommer der Gast-Promi des Lyrik-Workshops, und sie war die Gastgeberin, also mußten sie gemeinsam Manuskripte beurteilen. Aber als ich zusah, wie sich die hübschen, straffen Arschbacken meiner Frau wiegten, wußte ich, daß die Wände des Cottage in letzter Zeit Schreie gehört und rote Fingernägel gesehen hatten, die über schwitzendes Fleisch kratzten.

Die Party war zusammengeschrumpft auf ein halbes Dutzend weinnippender Profs und ein paar Studentendichter, die sich die Kante gaben, um ihre äußerst verletzliche lyrische Seelenfülle zur Schau zu stellen. Ein paar Lehrertypen warfen mir Blicke zu, ängstliche Blicke, wie ich fand, und erwarteten zweifellos, daß ich aufsprang und mein Proll-Temperament demonstrierte, indem ich irgendwas Brutales mit dem Fonduetopf anstellte.

Von den tanzenden Turteltauben aus saß ich am anderen Ende des Zimmers und hatte den Arm auf einen Fernseher gelegt, dessen Bildschirm zur Wand gedreht war, für den Fall, daß es auf der Party hoch herging. Die Fete fand bei einem von Lizbeths Hichens-College-Kollegen statt, und im Kühlschrank war noch reichlich Corona-Bier.

Ich weiß nicht, warum ich so ruhig blieb. Ich bin ja vielleicht schwer von Begriff, aber von gestern bin ich nicht. Mir war klar, daß meine Frau wirklich mit diesem berühmten Typen bumsen mußte, und deshalb gab ich mir Mühe, das unter Launen des Literaturbetriebs zu verbuchen, oder, ehrlich gesagt, unter denen meines Lebens. Lizbeth tanzte wie aufgelöst, mit wiegenden Hüften, aller Bedenken und vermutlich auch ihres BHs und Slips ledig. Seitdem ich sie kannte, war sie von dem Wunsch besessen, eine Dichterin zu sein, die verehrt und begehrt wurde. Eine Mischung aus Edna St. Vincent Millay, Carolyn Forché und Gipsy Rose Lee. Sie war fraglos begabt, aber eben nicht begabt genug, um selbstzerstörerischer Monogamie zu frönen, und ich erwartete das auch gar nicht. Dieser Mann, Chamberlin Post, konnte sie groß rausbringen, ihrer Lyrik Auftrieb verleihen, ein oder zwei fette Stipendien auftun und die wichtigen Zeitschriften bearbeiten, bis die ihr Werk besprachen. Das waren, grob gesagt, Lizbeths kurzfristige Ziele.

Nichts konnte ich dazu beisteuern, und in letzter Zeit nicht mal was zur Miete. Gerade deshalb war es besonders gemein, was meine Frau dort drüben in der dunklen Ecke trieb, und es war definitiv der richtige Schachzug für sie, den Gast-Promi mit seinen knochigen, roten Händen vertraulich ihren Hintern massieren zu lassen.

Chamberlin Post war einer dieser gebieterisch großen, silbermähnigen Cape-Cod-Segler-Aristokraten mit einem schmalen, kantigen, edel geschnittenen Gesicht, dessen Wangen vom Gin gerötet waren. Bis auf den Nobelpreis hatte er vermutlich alle Auszeichnungen einkassiert. Er hatte die meisten der spektakulären Abenteuer erlebt, die es zu kaufen gibt: Wellenreiten vor den gefährlichen Küsten Perus, die übliche mystische Fahrt den Amazonas hinauf, Tauchen im Roten Meer und so weiter und so fort. Offenbar war stets ein Fotograf zur Stelle, wenn er wieder aus dem großen Teich, dem Dschungel oder den Bergen auftauchte, und einige der Bilder waren berühmt. Seine Gedichte rankten sich um verbotene Liebe in Drittweltländern, um die selten gewürdigten gesellschaftlichen Bürden, die auf den Schultern der allzu reich Geborenen lasteten, und um ausländische Bauern, die er auf zutiefst spirituelle Weise kennengelernt hatte. Das meiste, was er geschrieben hatte, war sehr gut, und das wurmte mich. Die berühmten Abenteuerbilder und sein Status als Poeta doctus verhalfen ihm zu viel Publicity.

Ich hätte ihn natürlich gern verdroschen. Meine Ma hat mich in den Ozarks geworfen, und ich bleibe ein Ozarker, wohin das Leben mich auch verschlägt. Ich hätte ihn gern verdroschen, aber erstens war er ein ziemlicher Schrank, und zweitens entstammte er der Art von Blaublütlern, die ernsthaft damit rechnen, entführt zu werden, weshalb ihn der Butler wahrscheinlich seit dem sechsten Lebensjahr zum Kung-Fu-Lehrgang gefahren hatte. Eins und zwei zusammengezählt, ergab eine Waffe. Ich brauchte eine Waffe, vielleicht eine Corona-Flasche mit einer Limettenscheibe drin, um auf ihn loszugehen. Und eine Waffe bedeutete, daß ich einen Haftbefehl wegen schwerer Körperverletzung am Hals hatte, sobald ich die Spinnweben von dem Koffer in der Garage gewischt und mich in die kalifornische Nacht gestürzt hatte.

Aber um ehrlich zu sein, ich hatte das entsetzliche Gefühl, diesem Mann etwas schuldig zu sein, ihm Dank zu schulden dafür, daß er mir dieses eine Faktum eingetrichtert hatte: Ich hatte in der akademischen Welt nichts verloren, und ich paßte auch nicht zu einer Frau aus diesem Dunstkreis. Seitdem Lizbeth sich den gelben Volvo gekauft hatte, war mir klar gewesen, daß ich unseren Traum, allein vom Schreiben zu leben, vergessen konnte, denn der Besitz eines Volvo hat praktisch dieselben Konsequenzen wie die Mitgliedschaft im Club für junge Dozenten der geisteswissenschaftlichen Colleges. Es war ein Symbol dafür, daß sie sich der Karriereleiter, den Seminaren und Napa-Valley-Weinen widmen wollte. Jetzt fehlte ihr nur noch ein Irish Setter namens Genet oder Woolf. Lizbeth erlaubte nicht mal, daß ich den Volvo fuhr, denn mit Autos verbindet mich eine destruktive Haßliebe.

Vielleicht hatte mir Chamberlin Post den endgültigen Beweis geliefert, daß es für mich wirklich Zeit war, mein Prolo-Ego zurück in die Billigwelt zu verfrachten, der ich entsprungen war, und mich mit handfesteren Dingen zu beschäftigen.

Ich ließ mein Bier auf dem Fernseher stehen und machte mich auf den Weg nach draußen. Einer von der ängstlichen

Fakultät klopfte mir auf den Rücken, als ich aus der Tür hinaus auf den Rasen ging. Die Musik schallte mir hinterher – fröhlicher Motown-Soul aus unserer Kinderzeit. Das Gras war trocken und ungemäht, und am Ende des Gartens ragten hohe Tannen und Eukalyptusbäume auf und ließen das alles wie eine mystische Waldlichtung auf einer Celestial-Seasonings-Packung erscheinen.

Die Nachtluft war lind, kein nordkalifornischer Nebel weit und breit. Eine Tanne, größer als die anderen, verführte mich innezuhalten, und das tat ich.

Ich wußte, sie hatte mich weggehen sehen.

Ich wußte, wenn ich mich auf den Boden legte, die Augen schloß und wartete, würde sie noch ein paar letzte Worte über uns sagen wollen.

Ich weiß nicht, warum ich mich bei der ganzen Geschichte nicht mieser fühlte.

Wir hatten uns auch auf einer Party kennengelernt, aber das war eine riesige, wilde Party, Spaß ohne Ende. Es war in Iowa City (damals Fuck City), Iowa, als ich auf die Graduate School ging. Die Fete fand in einem uralten, windschiefen viktorianischen Haus statt, einem ehemaligen Bordell mit vielen Zimmern an der Clinton Street, bei den Bahngleisen. Ich bewohnte eines der Zimmer. Im Haus feierten über zweihundert Leute, und ich hatte Lizbeth schon eine ganze Weile nicht aus den Augen gelassen, bis ich mich endlich durch die Menge in ihre Nähe schob. Sie war im Lyrik-Workshop, das wußte ich, und bei ihrem Anblick lief mir das Wasser im Mund zusammen. Schließlich standen wir beide an eine Wand des altmodischen Speisesaals gedrängt, einem riesigen Raum voller tanzender Menschen, die die Fenster zum Scheppern brachten. Lizbeth hielt eine Flasche Glenlivet in der Hand und sah einem dieser superwichtigen Profs zu, der mit einer Dichterin, die nicht auf Jungs stand, um einen Tanz feilschte. Er wirkte ziemlich komisch, wie er so mit seinem jungenhaften Charme unablässig gegen die Wand ihrer sexuellen Vorlieben anrannte.

Lizbeth wandte schließlich den Blick von ihm ab, sah mich ganz kurz an und fragte: «Meinst du, ich muß mit ihm ins Bett, um ein Stipendium zu kriegen?»

Diese ersten Worte brachen wirklich das Eis zwischen uns. Der Dichterprof war ein herrischer kleiner Fettsack Ende Vierzig mit einem wackligen Gang und einem langen, ungepflegten Vollbart, der darauf hindeuten sollte, daß er zu tief ins Reich der Gedanken eingedrungen war, um sich noch um ein bourgeoises, gepflegtes Äußeres kümmern zu können. Er war auf kurze Oden spezialisiert, die davon handelten, wie er mit seinem Daddy Wiffleball spielte, während am Himmel über Pittsburgh dunkle Wolken aufzogen, auf Epiphanien, die ihn beim Fasten ereilt hatten, und auf Baseball als Metapher für etwas, das ich vergessen hab. Er war unerklärlicherweise beliebt, und die Zeitschriften applaudierten ihm stürmisch.

«Ich glaube, wenn du mit ihm schläfst, kriegst du vielleicht ein Stipendium, aber ganz bestimmt kriegst du ein paar sexuelle Erinnerungen, die dich den Rest deines Lebens schweißgebadet aus dem Schlaf schrecken lassen.»

«Hmm, daraus könnte ein gutes Gedicht werden», sagte sie. Sie nahm einen tiefen Schluck aus der Scotchflasche und sah mir dann in die Augen. «Dich trifft man ja überall», sagte sie. «Im *Shamrock*, im *George's*, im *Foxhead*.»

«Ich hab dich auch gesehn.»

«Ja, das hab ich gemerkt. Du bist Doyle Redmond, der Hinterwäldler, und du hattest 'ne Hinterwäldler-Erzählung im *Prairie Schooner*.»

«Du hast sie gelesen?»

«Ja», sagte sie. Ihre langen, nußbraunen Haare trug sie sinnlich-zerzaust, und ihre ganze Erscheinung mußte man wohl als gertenschlank bezeichnen. «Es heißt, du wärst der Autor im Workshop, der's am wahrscheinlichsten zum Knastpoeten bringen wird.»

«Die Leute hier traun mir bloß nicht übern Weg, weil ich nicht in Antioch oder Stanford oder so studiert hab.»

«Du dealst mit Hasch, stimmt's?»

«Na ja», sagte ich. «Ich bin Schriftsteller, und ich muß schon 'ne Weile meine Kohle selbst verdienen. Ich wohne hier im Haus.»

«Gehn wir auf dein Zimmer. Ich will sehn, wie ein Hinterwäldler wie du lebt.»

In meinem Bett bumsten Unbekannte, deshalb bekam sie nicht zu sehen, wie ich lebte. Sie sauten ziemlich rum, und ich hatte nur ein Laken, aber was soll's. Ich ging mit ihr auf eine Seitenveranda, die zu den Bahngleisen hinaus lag, und wir setzten uns auf das dreibeinige Sofa, das nach Schimmel stank. Die Luft war kühl, und sonst war niemand draußen. Es war eine dieser Gelegenheiten, wo einleitendes Geplauder unnötig scheint, so spitz waren wir, und kaum eine Minute später hatte ich einen Finger in ihrer Möse, und sie lutschte an meinem Ohr. Knöpfe und Schnallen flogen beiseite, wir verstanden uns blind. Die Musik dröhnte, die Tanzenden brachten die Wände zum Wackeln, und unser Atem dampfte. Zwei- oder dreimal wurde die Tür geöffnet, und wir hörten Schritte auf den Planken, und ganz in der Nähe wurde gelacht und gekichert, aber wir ignorierten das, es existierte nicht, und wir trieben es auf der Veranda, bis die Musik im Morgengrauen verstummte.

Lizbeth Seden aus Pepper Pike, Ohio, vom Carleton College, schleppte pünktlich zum Abendessen ihr Zeug in mein Zimmer, und über sechs Jahre lang waren wir ein ziemlich merkwürdiges Pärchen – bis zu der Nacht, in der ich unter dem Himmel von Kalifornien lag und auf die Letzte Ölung wartete.

Sie setzte sich zu mir unter die Tanne und ruckelte an meiner Stiefelspitze.

«Du putschst dich doch nicht auf, um gleich den Brutalo raushängen zu lassen, Doyle?»

«Ich bin kein Brutalo», sagte ich, ohne die Augen zu öffnen.

«Manchmal schon.»

«Warum behaupten das alle?»

«Wegen gewisser Ereignisse, über die alle Bescheid wissen.»

Ich setzte mich in den Schneidersitz.

«Wenn ich mal tot bin, werden sie sagen, ich wär ‹leidenschaftlich, stolz und verbissen› gewesen», sagte ich.

«Ach, Doyle.» Lizbeths Lippen sahen geschwollen und zart aus – wie Lippen, die voller Hingabe einen neuen Geliebten geküßt hatten. «Wenn du mal tot bist, wird keiner mehr über dich reden.»

Damit war es aus und vorbei. Mit diesem Spruch. Es war mein wundester Punkt, daß meine gesammelten Werke bis dahin aus vier veröffentlichten Romanen bestanden, die kaum jemand gelesen, geschweige denn gekauft oder groß rezensiert hatte. Dieser wunde Punkt hatte erst richtig zu eitern begonnen, nachdem das letzte Buch mit einem sehr vernehmlichen, heimtückischen Schweigen aufgenommen wurde, und daß sie daran rührte, bedeutete mit Sicherheit, daß Schluß war.

«Tja», sagte ich. «Aber lieber hinterlaß ich keinen Fußabdruck in der Weltgeschichte, als mit Chamberlin Post zu ficken.»

«Du wirst es nie verstehen, was?»

«Ich glaube, diesmal schon. Du bumst für deine Kunst mit diesem alten Säufer, stimmt's? Es ist eher ein Zeichen für dein Engagement in Sachen Kunst und Karriere als ein Verrat an mir.»

«Das», sagte sie, «ist endlich die erwachsene Sichtweise, auf die ich bei dir gehofft habe.»

Ich spürte, wie ich in ein Gedicht verwandelt wurde. Ein Gedicht, das sie komponierte, während wir dort saßen, mit der Partymusik im Hintergrund, ihrem Liebhaber auf dieser Party, der großen Tanne über uns, dem trockenen Gras und der Ehe, die am Tiefpunkt angelangt war. Während ihr Blick die ganze Zeit auf meinem Gesicht ruhte, begrub sie mich in Blankversen, und ich hoffte bei Gott und dem Teufel, daß ich mir nie gestatten würde, das Gedicht zu lesen.

«Ich werd dir 'ne Geschichte erzählen», sagte sie. «Dann wirst du das besser verstehen.» Sie legte die Hände auf mein Bein und beugte den Kopf vor, und ihr Rock lag weit aufgefächert auf dem Rasen. «Einmal kommt dieser langweilige Abend, der noch langweiliger als andere langweilige Abende ist, und weil du sonst nichts zu tun hast, machst du deine Handtasche auf. Du entdeckst alte Quittungen für Sachen, von denen du gar nicht mehr wußtest, daß du sie besitzt. Du findest einen trockenen Kaugummistreifen, eine Marke, die es nur in Mexiko gibt, und schließlich machst du dein Portemonnaie auf. Du öffnest dein Portemonnaie und schüttest dir die Pennies in den Schoß, wie als kleines Mädchen, wenn du nach besonderen Pennies gesucht hast, für die Daddy dir fünf Cent gegeben hat, weil sie so alt waren. Je älter, desto besser, wenn sie nur älter als sein kleiner Engel waren. Bloß daß du an diesem Abend kein kleines Mädchen mehr bist und daß es ein grausames Spiel ist, wie ein Faustschlag in die Magengrube, denn jetzt sind alle Pennies jünger als du. Kein einziger stammt aus der Zeit vor deiner Geburt. Das Mädchen und die Pennies haben ihr Alter vertauscht. Und wenn du ich wärst und bald zweiunddreißig würdest, wäre dir bewußt, daß diese jungen Pennies dir etwas zu sagen haben. Und das haben sie tatsächlich. Sie sagen mir: Wenn eine Frau entdeckt, daß sie älter ist als all ihre verdammten Pennies, dann wird es Zeit für sie, sich ernsthaft um die ernsten Dinge des Lebens zu kümmern.»

Der Promi stand an der Tür und sah zu uns herüber. Er hüstelte und wandte sich dann ab.

«Ich hab's gehört», sagte ich. «Scheiß drauf.»

Ich küßte sie noch einmal auf den Mund, der von ehrgeizigen Küssen geschwollen war, und dann verschwand sie. Sie ging hinein, ein neues Gedicht im Schlepptau, und ließ mich auf dem Rasen zurück.

In der Garage konnte ich keinen Koffer auftreiben, aber ich fand einen blauen Kissenbezug und die Schlüssel für Lizbeths wundervollen Volvo.

«Das ist eine traurige Geschichte, aber sie macht mich so glücklich», sagte Niagra. «Das Mädchen hat einen Traum, für den sie alles geben will, und das kann ich verstehn, und ich drück ihr die Daumen. Aber ich bin glücklich, daß sie so 'n Schwein zu dir war, denn das hat dich hierher zurückgebracht, zu mir. Ich glaube, wir werden zusammen einen richtig scharfen Traum erleben, Doyle, du und ich.»

15 Der Mischfetteimer

Pandas Haus diente als privates Familienmuseum. Oder vielleicht eher als Gruft. Ich fragte mich, ob der Keim aller künftigen Ereignisse hier nicht in Form einer Reliquie aufbewahrt wurde. Das Haus war zweigeschossig und hatte zu seiner Zeit mal was hergemacht, bloß, daß seine Zeit ungefähr seit dem Zweiten Weltkrieg vorbei war. Die Tapeten und Gardinen erinnern immer noch an einen Haushaltwarenschlußverkauf aus Anlaß der japanischen Kapitulation oder so. Die Möbel sind ausschließlich Erbstücke, uralte Frisierkommoden mit Marmorplatten, Tische aus Walnußholz und Schaukelstühle, die seit dem Fin de Siècle oder vielleicht noch länger an die Hände und Hintern meiner Familienmitglieder gewöhnt sind und nun auch meine entsprechenden Körperteile kennengelernt haben. Unter der Treppe befindet sich ein Wandschrank voller kleiner und großer Schußwaffen, die nie den Familienbesitz verlassen haben, und manche von ihnen wurden in meinem ganzen Leben nicht abgefeuert. Die Flur- und Eßzimmerwände sind mit Familienfotos bedeckt, und die Augen der Ahnen aus diversen Epochen sehen alles und nicken uns zu, so kommt es mir vor, als hätten die vor langer Zeit verstorbenen Hillbilly-Vorfahren ein paar alte, häßliche Geheimnisse oder barsche, niederschmetternde Kommentare auf Lager, die sie liebend gern loswürden, sobald ich in Flüsternähe käme.

Imaru nahm in diesen Räumen merkwürdige Schwingungen wahr.

Die Gang hatte einkaufen gehen wollen, jedenfalls der weibliche Teil der Gang, also setzte ich die Ladies am Town Square ab, und Smoke und ich besuchten Panda.

Panda ging am Stock irgendwo draußen in der Mittagshitze herum und setzte seine Gesundheit aufs Spiel. Es war so heiß, daß die Kühe in die Teiche geflüchtet waren. Ein Mann in seinem Alter hätte auf der schattigen Veranda hokken und Eistee trinken sollen, aber Panda sah das anders.

Smoke hatte frischgeflochtene Dreadlocks, hielt ein Bier aus Pandas Vorrat in der Hand und betrachtete die Wand der Toten. Er hatte länger in diesem Haus gelebt als ich, und ihn verbanden damit mehr Erinnerungen, aber ich glaube, mich beeindruckten die Familienlegenden mehr.

«Scheiße, nee», sagte er. «Wir haben vielleicht 'n paar durchgeknallte Arschlöcher in unserem Stammbaum. Ist dir das klar?»

«Ist mir klar.»

Auf den Fotos sieht man viele Kerle in Overalls und Frauen in Kattunkleidern. Die Männer tragen Hüte, und die Frauen haben das Haar zu dicken Knoten hochgebunden. Die Redmonds haben schon immer im Dreck gelebt, über Generationen hinweg hat die ganze Familie immer hart auf dem Feld gearbeitet, vermutlich seit den Tagen der Ritter, Trolle und Zauberer, lange bevor die USA auf den Plan getreten sind, und deshalb sind die Redmonds alle von kräftiger Statur. Überall sieht man verhärmte Gesichter, und wenn sie mal fröhlicher wirken, dann nur, weil sie ihren raubtierhaften Blick auf einen kapitalen Hirsch zu ihren Füßen gerichtet haben. Die Gruppenbilder waren so arrangiert, daß die Kinder auf der einen und die Erwachsenen auf der anderen Seite standen, um der Jugend zumindest die Generationsgrenzen aufzuzeigen. Einst hatte es so viele Redmonds gegeben, daß uns zu vielen Gesichtern kein Name einfiel. Die ehemals ortsansässigen Familien sind längst in alle Winde verstreut. Die meisten wanderten damals in den dreißiger Jahren auf dem Hillbilly-Highway in die Autofabriken von Detroit, auf die texanischen Ölfelder oder die Schiffswerften von Long Beach, als sich in den Hills herumgesprochen hatte, daß man an jenen entlegenen Orten fünf Dollar oder mehr am Tag verdienen konnte.

Die lokale Linie war immer mehr zusammengeschrumpft, und heute bestand sie wohl nur noch aus Panda und uns beiden.

«Den kenn ich doch», sagte Smoke und tippte mit dem Finger auf einen knallharten Burschen mit Augenklappe. «Der einäugige Garland. Machte jeden Job, der sich ihm bot.»

«Der hat uns immer 'n Vierteldollar gegeben, wenn wir mit Steinen nach seinen leeren Bierflaschen geworfen haben.»

«Stimmt», sagte Smoke. «Einen Vierteldollar, wenn wir getroffen haben. Seine Frau war's, oder? Drüben in Oklahoma?»

«Genau», sagte ich. «Mit 'ner dicken Schrotflinte. Er hat's wohl so gewollt.»

«Kann sein. Zu uns war er nett.»

Wir überließen uns den Fotos, Fotos, die bis ins vorige

Jahrhundert zurückreichten. Wir waren noch beim ersten Bier, da hatten wir an der Wand bereits sieben Gesichter von Verwandten identifiziert, die jemanden erschossen oder erstochen hatten (mich nicht mitgezählt), dazu vier, die bei einem Gemetzel den kürzeren gezogen hatten. Pandas älterer Bruder Jeb, nach dem Smoke in Wirklichkeit benannt ist, hatte ungefähr 1936 in der Nähe des Jacks Fork einen Bauchschuß kassiert. Der Fall wurde nie gelöst. Doyle, mein Namenspatron und General Jos Lieblingscousin ersten Grades, war 1947 in einem Graben hinter Egypt Grove aufgefunden worden. Er hatte bei den Marines den Krieg im Pazifik überlebt, bloß um von einem sechzehnjährigen Mädchen ermordet zu werden, dem er das Herz gebrochen hatte.

Schließlich wandte ich mich von der Ahnengalerie ab und ging auf die Veranda.

Es ist nicht unbedingt ein Vergnügen, über den Genpool nachzudenken, dem man entstammt. Ich meine, einerseits ist es ein schönes Gefühl, aber aus sechs oder sieben anderen Blickwinkeln betrachtet, jagen einem die tragischen Kontinuitäten und die Erwartungen der Ahnen einen ziemlichen Schrecken ein. Und dann dieser fürchterliche, ererbte Drang, immer so weiterzumachen und fragwürdige Dinge zu tun, damit die toten Köpfe schließlich grimmig nicken.

Die Veranda schloß sich an die Küche an, ebenjene Küche, in der Smoke nach dem Speck gegiert hatte. General Jo machte damals in Jeff City Urlaub auf Staatskosten, und während seiner Haft und noch ein paar Monate nach seiner Entlassung lebten wir bei Panda. Unsere Grandma war 1944 gestorben, und Panda fand es wunderschön, daß wir bei ihm wohnten. Vor meinem inneren Auge sah ich immer noch das heiße, spritzende Fett Smokes jungen Körper verbrennen – aber das hat man mir wahrscheinlich eher erzählt, als daß ich mich wirklich daran erinnerte.

«Ich werd langsam hungrig», sagte Smoke. Das Haus, die Wände und die ganze ranzige Historie versetzten ihn offenbar ebenfalls in eine gedrückte Stimmung. «Wie steht's mit dir?»

«Laß uns auf Panda warten.»

«Okay. Was soll's.» Smoke fuhr sich mit der Hand durch die Dreadlocks. «Dann werd ich mich mal in aller Ruhe 'ne Weile ablegen.»

Ich setzte mich auf die Verandatreppe und rauchte eine Zigarette. Die Marke, Lucky Strike, weckte Erinnerungen an meine Zeit bei den Marines, mit der hatte ich mir damals das Rauchen angewöhnt. Die Totengalerie hatte mich nachdenklich gemacht, ich versank in Erinnerungen und suchte nach Verbindungen.

Ich war gerade siebzehn geworden, als ich ins Ausbildungslager kam. Die Alten waren nach K. C. gezogen, mit all seinen Boulevards, den schicken, fremden Leuten und neuen Umgangsformen, und das war nichts für mich. Die Truppe und ein möglicher Krieg hatten einen viel größeren Reiz. Eines Abends, ich war noch nicht achtzehn und Obergefreiter der Marines auf Guam, entdeckte ich in der *Star Bar* am Agana Drive mein Faible für einen süßlichen Drink namens Sloe Gin Fizz. Ich trank zuviel, wie ein Welpe manchmal zuviel frißt. Als ich draußen vor der Kneipe auf dem Bürgersteig stehe, ist es ungefähr Mitternacht, und ich bin neuntausend Meilen vom Town Square von West Table entfernt, und dazwischen liegt ein Ozean, und die Palmen säuseln im Wind. Der optimale Schauplatz für ein Abenteuer. Soweit ich das zusammenkriege – in meiner Erinnerung und nach der Zeugenaussage von Captain Mast –, ließ dieser Seemann, den ich noch nie gesehen hatte, einen dummen Spruch über mein Jade-East-Aftershave vom Stapel, es würde nach Teeniemöse riechen, und das entfachte in meinem Kopf eine Sloe-Gin-Phantasie über Raufereien zwischen Marines und Leuten von der Navy, eine Schlägerei, die Spaß machte, und offenbar hielt ich all diese Hirngespinste für real, boxte den Schipper zu Boden und trat auf ihn ein, bis seine Rippen knackten. Ich bildete mir offensichtlich ein, etwas Bemerkenswertes und sagenhaft Tolles geleistet zu haben, denn ich stand lachend über ihm, bis mich die Küstenpatrouille aufgriff. Der Mann, den ich in meinem Suffkopp zu Klump geschlagen hatte, erwies sich als *Seabee* und ziemlicher Kriegsheld. Meine Zeit im Bau verbrachte ich in einer merkwürdigen Stimmung: Ich war kein Obergefreiter mehr, und ich schämte mich, daß ich einen Helden verprügelt hatte, aber ich war auch irgendwie stolz, einen *Seabee* fertiggemacht zu haben, denn die waren für mich, Mann für Mann, die besten Schläger im Dienste unserer Nation.

In meinem Leben hat es noch ein paar solcher Ereignisse gegeben, und weil das bekannt wurde, konnte ich mir eine Dozentenstelle abschminken. Aber das war die Sorte von roher Gewalt, bei der die Galerie der Toten zustimmend nicken würde.

Ich wollte nicht sehen, ob sie wirklich nickten.

Imaru würde es wissen.

Als Panda sich schließlich blicken ließ, setzte er ein breites, jungenhaftes Grinsen auf. Er sah wie ein schwer angeschlagener, aber glücklicher siebenjähriger Troll aus. Er kraxelte, auf sein Gewehr gestützt, vom Friedhof hoch und trug zwei rote Eichhörnchen an den buschigen Schwänzen.

Ich sah ihn an und dachte, es stimmt wohl, daß uralte Menschen plötzlich wieder wie Kinder aussehen können, wie wenn bei einem Auto der Kilometerzähler umspringt und wieder bei Null anfängt. Nur daß es inzwischen ein klappriges Vehikel ist.

An der Veranda angekommen, hob er die Eichhörnchen in die Höhe. «Das Mittagessen, Jungs. Ihr zieht sie ab, und ich koche.»

Panda klopfte mir auf die Schulter, eine kumpelhafte Geste, aber Smoke nahm er fest in die Arme. Zwischen den beiden gibt es eine besondere Verbundenheit, die zwischen uns nicht existiert. Smoke war schon immer Pandas Lieblingsenkel. Er ist mit Sicherheit der beste Hund aus unserem Wurf. Es kamen nicht mal dumme Sprüche über seine Frisur.

Schon als Kleinkind hab ich offenbar um mehr Ecken gedacht, als Panda mir folgen konnte. Ich bin sein Enkel, ein direkter Nachkomme, und das will schon was heißen. Aber ich möchte mal bezweifeln, daß er jemals viel Freude an mir gehabt hat.

Ich holte mir ein Messer aus der Küche und sagte: «Ich mach das schon.»

Ich trug die Eichhörnchen in den sonnigen Garten, setzte mich hin und machte mich ans Abziehen. Ich wollte meine Gefühle nicht zeigen, die Enttäuschung darüber, daß Panda mich nicht ernst nahm und nicht so fest umarmte. Ich ziehe so ungefähr alles lieber ab als Eichhörnchen. Kaninchen sind kein Problem, die kann man beinahe mit scharfen Fingernägeln abziehen, so leicht löst sich das Fell. Wachteln sind schon etwas schwieriger, aber gebraten schmecken sie unglaublich gut. Und Fasan lohnte sich auch, wenn's doppelt so viel Arbeit machen würde, denn das Brustfleisch ist eine wahre Delikatesse. Eichhörnchen bedeuten Arbeit, und dann muß man sie auch noch essen, und ich finde ihren Geschmack nicht gerade toll. Das Fell löst sich nur langsam, man muß ziehen und schneiden, ziehen und schneiden, und wenn man das Fleisch sieht, kann man gar nicht anders, als zu denken: Ratte. Sie schmecken besser, wenn man sie über Nacht in Buttermilch einlegt, vermutlich, weil die Buttermilch den herben Eichelgeschmack herausfiltert. Aber diesen Eichhörnchen stand kein Buttermilchbad bevor.

Ich warf die Innereien und die Felle in die Mülltonne, und dann legte ich die Entrées des Mittagessens auf die Verandatreppe. Ich setzte mich hin und rauchte. Aus der Küche hörte ich, wie kühle Drinks eingeschenkt und herzliche Worte gesprochen wurden.

Ein Stückchen die Straße hinab erblickte ich zwei Jungs aus der Mietskaserne, die es dort gab. Sie knieten, mit kleinen Messern bewaffnet, auf der schwarzen Straße und schnippelten ausgelassen an den Teerblasen herum, die sich in der Hitze gebildet hatten. Den Gesichtsausdruck der beiden kannte ich nur zu gut, und aus der Mietskaserne, aus der sie kamen, kam ich auch. Wir wohnten dort fast vier Jahre lang, nachdem General Jo auf Bewährung entlassen worden war. Solche Schuppen überziehen unsere Gegend wie Pockennarben und brüten massenhaft Kinder aus, mit denen der Rest der Welt später klarkommen muß. Diese wilden Kinder werden mit Wurstbroten und Navy-Bohnen großgezogen, mit Maisbrei, Brausepulver, Heimtücke und Schlägen. Ihr Mund ist mit orangem, rotem oder grünem Saft verklebt, und ihre Knie und Ellbogen sind von zwei, drei wüsten Prügeleien verschorft. Sie werden immer nur *haben* wollen, und eines Tages werden sie merken, daß sie es sich bei *dir* holen können, und der Rest sind Sirenen und Statistiken und das Nicken von der Galerie der Toten.

Vielleicht wird einer der Jungs, die da das Messerchen schwingen, gerne lesen, und er wird nicht nur die üblichen Sachen lesen, oder vielleicht wird er einen Baseball 120 Meter weit schlagen können, aber wahrscheinlich wird er einfach nur lernen, sein Los zu akzeptieren.

Ich ging rein, legte das Fleisch ins Küchenwaschbecken und drehte den Wasserhahn auf. Auf der Spüle stand ein Glas Johnnie Red, in dem die Eiswürfel auf Fingernagelformat geschmolzen waren.

«Das ist dein Drink», sagte Smoke.

Der Scotch war ein Volltreffer. Ich nippte und sah zu, wie Smoke Kartoffeln kleinschnitt und wie Panda Fett in zwei schwarze Pfannen schöpfte. Er bewahrte das Fett in einer alten Folger's-Dose auf, genau wie die Dose, die bei Mom unter der Spüle stand, solange ich denken kann. Es war aus den unterschiedlichsten Fleischsorten ausgelassen. Schinkenfett, Schweinefleischfett, Reste von Burgern und so weiter. Alles kam in den Eimer und vermischte sich; und dieses Zauberfett wirkte wahre Wunder. Die besten Bratkartoffeln, Wachteln, Welse oder Zwiebelringe, die man sich nur vorstellen kann, haben in diesem Fett geschmurgelt, das den Vereinten Nationen eßbarer Kreaturen entstammt. Feinfühlige Naturen sollten besser keinen Blick in den Fetteimer werfen, aber, voilà, welches Aroma es allem verlieh!

Als ich mir einen zweiten Johnnie Red einschenkte, sagte Panda: «Deine Frau hat angerufen.»

«Lizbeth hat hier angerufen?»

«Sie hat sich gedacht, daß du hier auftauchst.» Panda viertelte die Eichhörnchen mit einem Küchenbeil, wendete sie in einer Schale mit Gewürzen und legte sie in die Pfanne. Das brodelnde Fett klang wie brausender Applaus. «Ich hab ihr gesagt, ich hätt dich nich gesehn.»

«Gut.»

«Sie hat mir nicht geglaubt, Doyle. Ich hab gelogen, so gut ich konnte, und das ist verdammt gut, aber sie hat's nich geschluckt. Ich soll dir sagen, wenn sie ihr Auto nich in drei Tagen wiederhat, fängt sie an, deine alten Notizbücher zu verbrennen, und deine Manu-Dingsbums.»

Ich schenkte mir schnell einen dritten Scotch ein.

«Das macht sie nicht», sagte ich, obwohl ich wußte, daß sie dazu fähig war.

«Für jeden Tag, den du zu spät kommst, will sie noch 'n Armvoll nachlegen.»

Smoke lachte, weil er die Sache nicht mit meinen Augen sah.

«Ich hab keine Kopien davon», preßte ich hervor.

Sie lachten beide, und ich fühlte mich wieder außen vor, ausgeschlossen, weil sie meine Interessen weder teilen noch schätzen wollten oder konnten.

Ich setzte mich an den Tisch und blies Trübsal, weil meine ersten schriftstellerischen Gehversuche vernichtet werden sollten. Und ich fragte mich, wie künftige Biographen ohne sie einen korrekten Eindruck von meinem künstlerischen Werdegang bekommen sollten. Dann wurden die Bratkartoffeln und die Eichhörnchen aufgetragen. So ein Essen bekommt man in den wenigsten Restaurants, und schon gar nicht à la carte, aber wenn der Chefkoch Zugang zu unserem Mischfetteimer hätte, wäre das kein Problem. Die Bratkartoffeln nehmen mindestens sechs verschiedene Aromen an – und alle schmecken gut. Ketchup ist völlig unnötig. Aber wirklich wunderbar an diesem Fett ist, daß es das leicht muffige Eichhörnchenfleisch saftig macht – so saftig, daß die überlebenden Friedhofseichhörnchen jetzt ganz oben auf der Abschußliste stehen. Das Fleisch steckt voller kleiner, dünner Knochen, bei denen man wieder an eine Ratte denken muß, wenn man's nicht lassen kann, aber das Eichhörnchenfleisch zergeht einem jetzt auf der Zunge und hat einen wunderbaren, fettigen Geschmack.

Als ich den letzten Knochen abnagte, sagte Smoke: «Ich sollte dich wohl warnen, Panda. Doyle hat gestern abend einen Dolly umgebracht.»

«Doyle? Quatsch.»

«Doch. Hat er. Wir haben ihn weit draußen begraben.»

Panda packte eine Zigarre aus, schob sie sich zwischen die Lippen, steckte sie aber nicht an. Er sah mich eindringlich und aufmerksam an und hatte wohl plötzlich Respekt vor mir.

«Mußtet ihr ihn umbringen?»

«O ja», sagte ich. «Mußten wir. Er hieß Bunk, Bunk Dolly.»

«Von dem hab ich gehört.» Panda steckte sich die Zigarre an, nahm einen Zug und seufzte. «Wir haben kein Geld mehr, um Dollys zu töten, Jungs. Ihr müßt da sauber rauskommen. Es ist einfach kein Zaster mehr da.»

«Wissen wir», sagte ich.

«Ich glaube, wir kommen damit durch», schaltete Smoke sich ein. «Wir haben ihn gut vergraben.»

Panda stand auf und ging zum Küchenfenster. Sein Humpeln schien schlimmer geworden zu sein, er schlurfte erschöpft. Zigarrenrauch waberte um seinen Kopf, und er ließ die Schultern hängen, wie ich das noch nie bei ihm gesehen hatte.

«Ach, Jungs», sagte er über die Schulter und blickte auf den Friedhof unterhalb des Hauses. Jetzt war er wieder eine dunkle Silhouette, die an der Spüle lehnte. «Es scheint bloß, daß jedesmal, wenn ein Redmond einen Dolly umbringt, irgendeine Scheiße passiert, warum auch immer.»

16 Rocky Drop

Die Klippe bestand aus Vulkangestein, und ein kleiner Wasserfall rann an der grauen Vorderseite hinab. Niagra sprang als erste. Sie stand lässig an der Felskante, in Jeans-Shorts und T-Shirt, und blickte auf das verführerisch klare Wasser des Sees hinunter.

«Wünsch dir was!» rief sie und hüpfte von der Klippe ins Leere.

In der Luft hatte Niagra die Bühne für sich. Am gegenüberliegenden Ufer tummelten sich ein paar Familien mit einem Haufen Kinder. Alle drehten sich zu ihr um, und auch wir blickten zum Rocky Drop hoch. Der Felsen war sechs oder sieben Meter hoch, und Niagra wollte eine Rolle vorwärts machen, aber als sie sich in der Luft streckte, bauschte sich das T-Shirt um ihren Kopf, und sie tauchte kunstlos und barbrüstig ins Wasser ein.

Wir jubelten ihr zu, ich am lautesten – ich hatte zum erstenmal ihre Brüste gesehen. Die Familien applaudierten, die Männer herzlicher als die Kinder, die Frauen eher widerwillig. Von unserem Platz aus konnten wir Niagra in dem klaren Wasser sehen, wie sie unter der Klippe und dem Wasserfall über den felsigen Grund des Sees glitt. Ihr Haar fächerte sich auf, und das Sonnenlicht umspielte ihren untergetauchten Leib mit einem sanften Leuchten.

Als ihr Kopf auftauchte, macht sie «Puh!», dann schwamm sie auf dem Rücken und sah zu mir herüber. «Wünsch dir was, Doyle, und dann spring!»

Mein Wunsch war zu offensichtlich, um erwähnt zu werden. Ich stand an der Kante, in einer von Smokes Shorts, die sich um meine Hüften bauschte und von einem Sattelgurt gehalten wurde. Ich wollte den klassischen Schwan springen, beugte aber den Oberkörper zu weit vor, verlor augenblicklich die Kontrolle und plumpste mit dem Hintern voran spastisch ins Wasser.

Ich schwamm zu Niagra, die fragte: «Was war denn das?»

«Der sterbende Schwan», sagte ich. «Das ist mein bester Sprung.»

Der Rocky-Drop-See liegt hinter einem Gebirgskamm, meilenweit von der nächsten geteerten Straße entfernt, und es ist nicht leicht, dorthin zu gelangen. Er ist an drei Seiten von Wald umgeben, der bis ans Ufer reicht und schützend in die Höhe ragt. Am anderen Ende erhebt sich der Rocky Drop, ein Haufen grauer Felsblöcke und uralter Lavaplatten, auf denen man noch die Riffelkämme der abkühlenden Lava erkennen kann. Der Aufstieg dauert einige Minuten, und man muß aufpassen, wo man hintritt, denn zwischen den Lavaplatten gibt es Risse, und man muß von Felsblock zu Felsblock springen. Ein paar hartnäckige Sträucher wachsen zwischen den Felsen, und ihre Wurzeln bieten Halt.

Niagra legte mir von hinten die Arme um den Hals und hängte sich zum Spaß an meinen Rücken. Wir sahen Smoke und Big Annie heiß und innig auf der Klippe knutschen, und dann sprangen sie. Sie machten eine Art Butch-and-

Sundance-Sturzflug. Big Annie hielt ihr T-Shirt fest, und Smoke kauerte sich zu einer massiven Arschbombe zusammen. Bei dem Riesenplatscher, den sie machten, mußten die Kinder lachen, aber es applaudierte niemand.

Damned Spot machte sich drüben im seichten Wasser die Füße naß und schlabberte das kühle Wasser. Ich hatte darauf bestanden, den Hund mitzunehmen, denn er stank inzwischen unglaublich in der Hitze, und ein ausgiebiges Bad würde den Gestank auf ein erträgliches Level senken.

Das Wasser war wundervoll klar und sauber, und manchmal sah man Fische auf dem felsigen Grund. Wir trugen alle alte, bequeme Turnschuhe. Hier unten sollte man alte Turnschuhe immer fürs Kanufahren und Schwimmen aufheben. In den Ozarks gibt es in jedem fließenden Gewässer spitze Steine, und man weiß nie, ob's einen nicht plötzlich überkommt, ins Wasser zu springen, und deshalb hat man am besten immer ein, zwei Paar abgelegte Schuhe im Kofferraum. Das Wasser ist wohl die große Entschädigung, mit der die Natur unsere Gegend gesegnet hat. Die meisten Flüsse und Bäche fließen klar und schön dahin, und das Quellwasser ist oft selbst für Forellen nahrhaft und rein genug, von weniger empfindlichen Fischen ganz zu schweigen. Diese Flüsse speisen schließlich eine Reihe großer, wunderschöner Seen an der Grenze zwischen Arkansas und Missouri, dem Lake District. Norfolk, Bull Shoals, Table Rock und Beaver. All das gute Wasser macht viele kulturelle Entbehrungen wett, besonders im Sommer, und ich treibe sowieso lieber in einem Schlauchboot den Current River hinab, als mir ein modernes Ballett oder eine Oper anzutun. Die beiden Opernaufführungen, zu denen Lizbeth mich mitgeschleppt hatte, erinnern mich viel zu sehr an LSD-Flashbacks, als daß ich sie hätte genießen können. Im

Laufe des Abends hatte mich eine Art narzißtischer Schrekken gepackt, als mein sechster Sinn mir sagte, die Latino-Dandys mit den langen Messern und den Puffärmeln würden irgendwie meinetwegen rumbrüllen.

Hier unten haben wir Wasser, Banjos und Fiedeln, und verschmitzte Geschichtenerzähler auf dem Town Square, und das war's auch schon.

Die ganze Gang planschte im See und trieb den üblichen Badeunfug: Unterwasserkneifen, flüchtige Blicke auf zufällig entblößte Brüste, schnelle, kleine Bisse, verstohlene Berührungen und Gesichternaßspritzen. Kinderkram, der niemals ausstirbt. Egal, wie alt man ist: Man springt irgendwo ins Wasser und benimmt sich bald schlimmer als ein Elfjähriger, den der Hafer sticht.

In einer ruhigen Minute nahm ich mir Damned Spot im Planschbecken vor. Ich saß am Ufer, rief sie her und warf sie dann ein Stück rein, damit sie naß wurde. Sie schwamm zu mir zurück und grinste dabei ein lefzenbleckendes Kötergrinsen. Beim nächstenmal trug ich sie gut sechs Meter hinein und ließ sie dann los. Sie paddelte ans Ufer zurück und wusch sich dabei gründlich. Hunde sind keine Menschen, und deshalb gibt es keinen Grund, sie zu quälen, selbst wenn sie stinken oder jaulen. In Kalifornien hatte ich mal die Bullen am Hals, nachdem ich einem Nachbarn die Scheiße aus dem Hirn gekloppt habe, weil er seinen jungen Schäferhund, der immer bellte, mit einem Ast geschlagen hatte, der dicker als mein Armgelenk war. Der Typ hielt sich ganz wacker, bis ich ihm schließlich den Daumen aufs Auge drückte und ein paar Lektionen in Sachen Schmerz erteilte. Am Tag drauf zog er die Anzeige zurück und entschuldigte sich bei mir, und binnen eines Monats zog er weg, obwohl er weiter am Hichens College unterrichtete.

Hunde darf man nie schlecht behandeln, davon bin ich fest überzeugt; wahrscheinlich hab ich das noch aus der Grundschulzeit und von Sentry, unserer Mischlingstöle.

Bis heute kann ich nicht über Sentry sprechen, ohne loszuflennen. Manchmal denke ich, das Schicksal hat sich Sentry als Ausgleich für etwas geschnappt, das Imaru verbrochen hat und womit er durchgekommen ist. Diesen Gedanken würde ich lieber abschütteln und vergessen, aber so ist das nun mal.

Smoke und Big Annie waren ins grüne Schilf hinübergeschwommen, und ich sah, daß er seine Pranken unter ihrem feuchten Hemd hatte, aber ihre Hände konnte ich nicht entdecken. Die Ehepaare waren eifrig bemüht, die Kinder nicht zum Schilf hinüberschauen zu lassen, und zeigten zum Rocky Drop und auf Niagra, die ein weiteres Mal die Klippe erklomm.

Sie kletterte mit der trittsicheren Eleganz einer geborenen Ozarkerin, die mit Hügeln, Härten und rauhen Vergnügungen aufgewachsen war, und bei ihrem Anblick schwoll mir die Brust. Ihre Beine hatten Hillbilly-Muskeln, und ihre flinken Schritte glichen einem Tanz. Sie war patschnaß, und das verlieh ihr eine wundervolle Silhouette. Die nassen Klamotten umschlossen sie wie Geschenkfolie. Vom Ufer aus, wo ich saß und Damned Spot klares Wasser in den Nacken schöpfte, konnte ich ihre Brustwarzen sich abzeichnen sehen.

Ich blickte zu den Leuten hinüber, die ihren Aufstieg verfolgten, und was da vor sich ging, war reiner Starappeal.

Als ich sah, wie verzückt sie betrachtet wurde, kam ich drauf, daß es schon ganz andere als Niagra zum Film geschafft hatten. Dick Powell kam aus Mountain View, gleich hinter der Grenze zu Arkansas, und Tess Harper stammte auch aus der Gegend. Sheila Medley, die in mehreren B-Movies und Agentenserien eine Hauptrolle gespielt hat, war in Daphne Springs aufgewachsen, nur sieben Meilen vom Town Square von West Table entfernt. Das blonde Mädchen aus den *Beverly Hillbillies* wohnte eine Drei-Bier-Fahrt Richtung Norden in Rolla. Es kommt nicht darauf an, wo man herkommt. Niagra hatte genug Mumm in den Knochen, um mehr zu erreichen, als ich ihr zutraute. Sie wollte ihren Schmollmund, ihren Gang und ihre wasserstoffblonde Schönheit mit dem unsterblichen Stil gewisser Zelluloidikonen kombinieren. Ihre ganz eigene Verrücktheit kultivieren, bis eine einzigartige Kunst auf diesem fruchtbaren Boden erblühte. Aber der Schlüssel zum Erfolg war ihr Aussehen, das ausreichen würde, am Wilshire Boulevard ein paar Türen für ihren Lebenstraum zu öffnen.

Auf der Klippe des Rocky Drop angekommen, ließ sie sich Zeit, um ihr Publikum auf die Folter zu spannen. Sie bückte sich, den Po zum Wasser, streckte die Beinmuskulatur, stand wieder auf, reckte die Arme in die Höhe und pumpte sich mit Luft voll. Alle Augen ruhten auf ihr, und sie posierte auf dem Felsen. Sie winkte mir und Damned Spot zu und rief: «Der ist für dich, Baby.»

Ihr Sprung hatte alles, was Poesie braucht: Stil, Form, gute Ausführung und Bedeutung. Sie sprang weit hinaus, wie in die Arme eines Geliebten, drehte sich einmal, machte kurz den Schwan, versank wie ein Tropfen im Wasser und verursachte kaum ein Klatschen, außer dem des Publikums.

17 Auf Silikonsuche

Im Haus war es zu heiß, um drinnen zu sitzen, deshalb brieten wir fürs Abendessen Hamburger auf der Veranda. Bei Sonnenuntergang hatten die Fensterventilatoren die Hitze rausgepustet, und in der kühlen Abendbrise konnte man im Haus sitzen und schwitzte kaum. Die ganze Gang saß vor der Glotze und sah sich Videos an, die die Ladies vom Ein-Dollar-Regal bei Pritchard's am Town Square ausgeliehen hatten.

Ich holte für Niagra eine Plastiktüte Eis, denn sie hatte sich bei ihrem letzten schönen Sprung vom Rocky Drop die Stirn am Felsgrund aufgeschlagen. Am Haaransatz hatte sie einen Bluterguß und eine kleine Schramme. Sie saß auf dem Sofa, neben dem Ventilator, und hielt sich die Tüte an die Stirn.

Der Film war irgendwie doof, aber er spielte an einem wundervollen Strand in irgendeiner Badegegend unseres schönen Landes. Ein Volltrottel hatte an der Strandpromenade einen Hot-dog-Stand geerbt, und gemeinsam mit seinen halbstarken Freunden verfiel er auf die Idee, seine Würstchen mit Hilfe weiblicher Schönheit an den Mann zu bringen. Die Verkäuferinnen trugen Zahnseide-Bikinis, und gelegentlich nicht mal die – wenn nach einem erfolgreichen Tag bei Sonnenuntergang im Sand herumgetollt wurde.

Konnte man sich ansehen.

Während der Szenen, in denen die Handlung vorangetrieben wurde – wenn der Bankier droht, den Kredit zu kündigen, falls er bis Freitag kein Geld sähe, oder wenn der ebenso reiche wie lüsterne arabische Öl-Mogul versucht, dem Penner den Stand abzukaufen, weil er hofft, als Inhaber den Verkäuferinnenstab mißbrauchen zu können –, schweiften meine Gedanken ab. Ein neues Buch begann zu mir zu sprechen, und es handelte nicht von der Hyäne, sondern von Imaru. Ein langer Roman über Imaru. Und wenn wir die Geldplantage abgeerntet hatten, konnte ich mir die Zeit nehmen, ihn niederzuschreiben. Der Anfang nahm langsam Gestalt an: Er spielte kurz nach dem Urknall, Imaru als Atom, als Staubkorn, dann als Wassermolch. Yeah, das würde sicherlich mit Abstand der längste Roman werden, den ich je geschrieben hatte.

«Die sind nicht echt!» sagte Niagra. Sie nahm die Eistüte von der Stirn und setzte sich auf. «Das ist Beschiß!»

«Du hast recht, Schatz», sagte Big Annie. «Das da sind Fabriktitten.»

«So eine Verarschung!»

«Ich kenne dicke Titten, und die bewegen sich nich so.»

«Künstliche Titten, künstliche Gesichter – künstliche Schauspieler!»

Die Mädels auf der Mattscheibe hatten tatsächlich Brüste, die den Gesetzen der Schwerkraft gegenüber eine arrogante Gleichgültigkeit an den Tag legten. Größe 95 D, und sie wackelten und hingen nicht: ein Triumph der Tittentechnologie.

«Na und», sagte Smoke und steckte sich eine Grastüte an. «Entweder bin ich doof, oder die Babes werden den Würstchenstand schon schmeißen.»

Aber Niagra glaubte inbrünstig an diese Neunzehn-Zoll-Bildröhre und wollte gewisse Standards gewahrt sehen. Ich glaube wirklich, sie hätte gern dort im Fernseher gelebt, auf einer Mattscheibe, die zwar kleiner als das wirkliche Leben war, aber in Sachen Ausstattung und Handlung so viel näher dran an der großen Verzückung.

«Seht mal her», sagte Big Annie. Sie stand von ihrem Stuhl auf. «Guckt euch meine Brüste an.» Sie setzte sich auf den Boden, legte sich dann auf den Rücken, und ihre Brüste schwappten auf die Achselhöhlen zu wie Kaninchen auf ihren Bau. «Das sind echte Möpse. Und so bewegen die sich wirklich!»

«Ge-nau», sagte Niagra. Ihr Gesicht war von Sonnenbrand und Empörung purpur angelaufen. Man merkte ihr an, daß sie wirklich wütend auf die Schauspielerinnen war, die sich für Implantate entschieden hatten. «So was Scheiß-Geschmackloses!»

Wenn sie sauer war und rumfluchte, war Niagra so liebenswert wie ein Engel, der Furzwitze erzählt.

Ich wollte ihr beistehen.

«Die da, an dem Mädchen in Blau, die sind aus Silikon.»

Der ganze Film wurde nur noch danach bewertet, wie die Titten inszeniert waren. Die Ladies ließen sich zu harschen Beschimpfungen herab. Gelegentlich erntete eine Schauspielerin ein widerwilliges «Also gut, vielleicht. Bei der bin ich mir nich sicher.»

Smoke fand die ästhetischen Argumente der Ladies übertrieben, fragwürdig, heiße Luft.

«Titten sind Titten. Jesus!»

Sein Spruch konnte die Diskussion nicht stoppen. Es ging hier um Wichtigeres als nur um Brüste, und ich nahm mir vor, Niagra möglichst nie was vorzuschwindeln.

Ich hörte wohl als einziger, daß eine Autotür zugeschlagen wurde. Der Film war am Happy-End angekommen. Der Bankier kroch zu Kreuze, der Araber wurde wegen Betrugs verhaftet, und der Depp war zu einem Allerweltsblödmann gereift und hatte die große Liebe gefunden. Ich sah aus dem Fenster und sagte ruhig: «Eine Chevyladung Fremder ist grad auf den Hof gefahren.»

Smoke sprang auf und warf einen Blick nach draußen.

Damned Spot fing an zu bellen.

«Wo ist deine Pistole?»

«Im Regal.»

«Steck sie in den Gürtel, kleiner Bruder. Das ist Roy Don Springer, und die anderen sehen mir aus wie Dollys.»

«Wenn das keine Dollys sind», sagte ich, «sind es Dolly-Imitatoren.»

«Was schleppen die da?»

18 Hallo, Nachbar

«Fleisch», sagte Springer. Einer der beiden jungen miesgelaunten Schlägertypen an seiner Seite trug einen in Alufolie gewickelten Gegenstand, und Springer gab ihm einen Wink. «Reh. Zuckt fast noch.»

«Habt ihr heute gewildert, was?» fragte Smoke.

«Nein, nein. Nicht gewildert», sagte Springer. Er ging auf die Fünfzig zu, würd ich sagen, und hatte ein permanent gerötetes Gesicht. Ich kannte ihn vom Sehen, hatte aber nie gewußt, wie er heißt. Auf seinem Kopf hatten die Hormone ganze Arbeit geleistet, und sein verbliebenes Haar war lang, ungekämmt und schwarz. Er war etwa eins achtundsiebzig groß, kräftig gebaut und hatte eine dicke, runde Bierplauze. Seine Hemdbrust war blutbeschmiert, die Hosenbeine seiner Jeans waren komplett eingesaut, und überhaupt waren seine Klamotten zerknittert und aus der Form geraten und schienen sich alle Mühe zu geben, an ihm zu kleben. «Die Ricke hier ist verunglückt. Wie das eben so geht.»

«Na klar», sagte Smoke. Er gab sich umgänglich, aber seine Augen blickten wachsam. «Ihr habt zum Spaß auf 'n Scheunentor geschossen oder so ...»

«Ja, genau. So war das. Nur 'n Testschuß auf 'n Apfelbaum, und mit einemmal kommt es aus dem Nichts angelaufen, mitten in die Schußbahn.»

«Ein emotional überlastetes Reh. Klarer Fall von Selbstmord.»

«Stimmt», sagte Springer und zeigte ein Scheißefressergrinsen. «So ist das bestimmt passiert, Mr. Smoke.» Die Schlägerfressen murmelten amüsiert, und die einzige Frau in der Gruppe sah schüchtern zu Boden. «Sie wissen ja, wie das mit den Scheiß-Bullen ist. Die haben keine Ahnung, wie die Natur wirklich ist.»

«Es passieren ständig Hirsch-Selbstmorde», sagte ich. «Besonders außerhalb der Jagdzeit.»

«Sind überempfindlich, die Tiere, das is ma sicher.» Er zeigte auf das Päckchen. «Ed, gib Miss Annie das Fleisch.»

Big Annie nahm das Päckchen. «Sie möchten, daß wir die Beweismittel essen, ja?»

«Aber sicher, Miss Annie», sagte Springer. Dann zeigte er auf seine Entourage. «Das sind meine Vettern – Ed Dolly, und da drüben Milton Dolly.» Ed und Milton äfften Springers Aufzug bis ins Detail nach, selbst die schlechtsitzenden Klamotten. Sie waren Anfang Zwanzig und hatten Elvis-Frisuren, nur hinten länger. Sie hatten sich ihre Haare offenkundig zu Hause gefärbt und hatten daher dieselben rabenschwarzen Locken wie der King. Die Augenbrauen hatten sie blond gelassen, was ihren Gesichtern einen zweifarbigen Waldwesen-Touch verlieh. «Und das ist Shareena, meine Frau.»

Shareena brachte ein vorsichtiges «Hallo» über die Lippen. Ozarkerinnen, die mit Kerlen von Springers Kaliber verheiratet waren, vermieden lieber den Blickkontakt mit anderen Männern, besonders mit fremden Männern. Soweit möglich, standen diese Frauen, wenn sie fremden Männern begegneten, einfach so lange rum, bis sie mit dem Hintergrund verschmolzen. Shareena hatte eine schmale Taille, kurzes, braunes Haar und sah nach ungefähr dreiunddreißig harten, verängstigten Lebensjahren aus.

«Zu schade, daß wir schon gegessen haben», sagte Niagra. Sie lehnte in der Küche am Kühlschrank, hinter Smoke und mir. Ihre Körpersprache signalisierte nicht gerade, daß sie sich über den Besuch freute, aber sie lieferte ein bühnenreifes Lächeln ab. «Ist auch noch nich lange her.»

«Das ist wirklich zu schade, Miss Niagra.» Springer war einer dieser Dorftypen, die es mit ihrer Höflichkeit so übertrieben, daß klar war, wie wenig sie in Wirklichkeit von einem hielten. Er wandte sich zu mir und streckte die Hand aus. «Ich hatte noch nicht das Vergnügen, Sir. Sie wären?»

«Ich wäre der Nobelpreisträger», sagte ich, «wenn ich könnte. Aber bis dahin bin ich bloß Doyle Redmond.»

Ich schüttelte ihm die Hand, und er musterte mich eingehend.

«Roy Don Springer, Sir.»

«Sehr erfreut», sagte ich.

«Ach. Noch einer von Mr. Pandas Söhnen, ja?»

«Enkel.»

«Wenn Sie es sagen, Mr. Doyle.»

Die halbstarken Schlägertypen machten es sich auf der Veranda gemütlich und verschwanden aus meinem Blickfeld. Sie wirkten wie Leute, die in ihrer Freizeit Reißzwekken am Strand verstreuten. Ich versuchte, sie über Springers Schultern im Blick zu behalten, aber es gelang mir nicht.

«Trinken wir doch ein Bier», sagte ich. Niagra quittierte den Spruch mit einem säuerlichen Blick. «Es ist heiß. Ein paar kühle Biere auf der Veranda.»

«Ich hab Rum im Wagen», sagte Springer. «Willst du den nich holen, Shareena?»

«Äh … nein», sagte Shareena. «Nich den 151er Rum.»

«Bier ist prima», sagte Smoke. «Wir haben 'ne Menge da.»

«Der 151er», sagte Shareena und wandte den Blick von ihrem Mann ab, «der führt zu nichts Gutem.»

Springer ging abrupt auf Shareena zu, und sie zuckte zurück, aber bevor er die Hand gegen sie erheben konnte, hielt ihm Big Annie eine Bierdose hin. Er nahm die Dose und riß den Verschluß auf.

«Na dann eben Bier», sagte er und hob die Dose. «Auf all die schönen Damen», brachte er aus und schlürfte dann laut.

Ein paar Biere später standen wir Männer auf der Veranda, klatschten Moskitos und trieben eine Art Laber-Laber-Macho-Schattenboxen, bei dem jeder subtile Andeutungen darüber fallenließ, daß er in Wirklichkeit ein äußerst gefährlicher Kerl war, mit dem sich allenfalls ein komplettes Regiment anlegen sollte. Ich würde sagen, Springer siegte nach Punkten, denn seine Andeutungen und verklausulierten Prahlereien rochen nach Tatsachen, während Smokes und meine Sprüche als schlichte Warnungen rüberkamen.

Die Schlägertypen hockten weiter hinten unter einem Baum, teilten sich eine kleine Pfeife Shit und streichelten Damned Spot. Sie hatten alles abgelatscht, waren rüber zum Schuppen, einmal ums Haus und schlichen überall rum, weil sie angeblich mal pissen mußten.

Der Ladystinger in meinem Gürtel fühlte sich prächtig an.

Ich blieb die ganze Zeit vor Springer stehen. Der Kerl

hatte den Nagel seines kleinen Fingers zwei, drei Zentimeter lang wachsen lassen, um immer ein Kokslöffelchen am Leib zu tragen. Ich hatte in letzter Zeit nicht viele Kokslöffel-Fingernägel gesehen, denn alle, die mal einen besessen hatten, hatten ihn sich schon vor Jahren auf Entzug abgekaut. Springer, dieses Schwein, hielt an der Mode seiner Jugend fest. Ich konnte mir zum Beispiel nicht vorstellen, jemals wieder eine Halskette mit 'nem Jointclip oder ein Grand-Funk-Railroad-T-Shirt zu tragen. Aber dieser Typ hatte 'ne Tour drauf, die er auf ewig durchziehen wollte.

Die Frauen saßen am Küchentisch und spielten Trivial Pursuit. Leute vom Lande lieben Brettspiele, die einen den ganzen Abend kosten können und als Unterhaltung bezeichnet werden.

Springer hatte selbst den 151er Rum geholt. Smoke und ich tranken Bier, und Springer hielt in der einen Pranke den Rum und in der anderen ein Bier. Frösche und Grillen machten die ganze Zeit einen Mordslärm, es war wie ein nervöser Soundtrack zu unserem geselligen Beisammensein.

Aus irgendeinem Grund sagte Springer: «Rohrbomben sind ganz einfach zu bauen, weißte. Dauert nur 'n paar Minuten, die zusammenzubasteln.»

«Hätt ich nicht gedacht», sagte ich.

«Die machen ganz hübsch Krach.»

«Scheint, daß man dafür doch länger als 'n paar Minuten braucht.»

«Wer den Krach hört, vergißt ihn nich so schnell.»

«Trotzdem, um es anständig hinzukriegen, braucht man wohl doch mehr als 'n paar Minuten.»

«Wenn ich doch nur C-4 hätte.»

«Mit C-4 ist nicht zu spaßen.»

«Da kannste drauf wetten. Das Loch, daß du damit jemand in den Vorgarten sprengst, ist so tief, daß danach keiner mehr was bezeugt.»

«Stimmt wohl.»

«Ich könnt ungefähr 'ne Kiste davon gebrauchen», sagte er. «Ich glaube, die berufen wieder 'n Schwurgericht ein.»

«Weiß ich nichts von», sagte Smoke.

«Tja, aber ich.» Der Kerl war auf dem besten Wege, betrunken zu werden. «Die Bullen ... die glauben immer, wir waren's. Die Dollys. Meine Mutter ist 'ne Dolly, und da denken die Bullen gleich, ich müßte einfach irgendein Verbrechen begangen haben.» Er schwankte schon ein wenig. «Oder gleich alle.»

«Huu huu huu», machte ich, und Smoke lachte, aber dann stupste er mich an und warf mir eine Art «Bleib cool, kleiner Bruder»-Blick zu.

«Hä?»

«Daß die so was tun», sagte ich.

«Ja, Mr. Doyle. Das könnten Sie gesagt haben. Das ist zwar nich, was ich gehört hab, aber ...»

In der Küche begannen sich die Frauen über irgendwas lautstark zu streiten. Wir guckten alle hinüber. Sie waren nicht wirklich wütend, eher aufgeregt. Big Annie kam an die Fliegentür und rief nach Smoke.

«Smoke, komm her.» Sie drehte sich zu ihren Mitspielerinnen um: «Er wird das wissen.» Als Smoke an die Tür kam, fragte sie ihn: «Der *Galloping Ghost*, das war 'n Weißer, oder? Jim Brown war es jedenfalls nicht.»

Ich hörte Smoke kichern, und dann ging er rein, um den Streit zu schlichten.

Er sagte irgendwas wie: Das ist lange her, so lange, daß es noch weiße Runningbacks gab.

«Muschis, die spielen», sagte Springer. «Macht mich irgendwie scharf.»

Er fand sich witzig, dachte wohl, ich hätte nichts dagegen, daß er in Gedanken unsere Frauen belästigte. Mir ging seine Großspurigkeit allmählich auf die Nerven, die Selbstsicherheit, mit der er sich für den Hecht im Karpfenteich hielt, für das Ende der Nahrungskette.

«Ham Sie je 'ne Frau gefickt, die keine Angst vor Ihnen hatte?» fragte ich. «Oder nicht sturzbetrunken war?»

Er warf mir seinen 1-a-Killerblick zu, ein schlitzäugiges, ungerührtes Starren.

«Nur deine Mama», sagte er. Als ich nichts erwiderte, stupste er mich an. «Kommen Sie, Mr. Doyle. Lachen is gesund. Wir sind nur 'n paar Kerle, die 'n Spaß machen.»

In der Therapie, der richtigen Therapie, die ich gemacht hatte, bevor ich mit der Regressionstherapie anfing und Imaru kennenlernte, hatte ich mein Leben bis ins kleinste Detail ausgebreitet. Die Therapeutin, die meine Ausführungen interpretierte, sagte, eine meiner Konstanten sei offenbar das Bedürfnis, gesellschaftliche Institutionen oder Individuen abzulehnen und zu bekämpfen, selbst wenn ich nur eine minimale oder gar keine Aussicht auf Erfolg hätte. Daß meine Kindheit in mir das Bedürfnis geweckt habe, mich mürrisch und herausfordernd zu benehmen, besonders jenen Mächten gegenüber, die mich zerquetschen konnten wie eine Bastsandale einen Regenwurm.

Diese Neigung hat oft schmerzhafte Folgen, aber, bei Gott, es hält die Lebensgeister wach.

Ich habe nie begriffen, warum ich so bin, aber ich wußte schon, warum ich daran denken mußte, als ich draußen auf der Veranda mit Springer Blödsinnigkeiten austauschte.

«Ich laß Ihnen das durchgehen», sagte ich.

«Tatsächlich? Sehr großzügig von dir. Du läßt mir das durchgehen.» Springer schüttelte langsam und gewichtig den Kopf. «Weißt du, wer ich bin?»

Ich steckte mir eine Lucky an. «Ich schätze schon.»

«Nein, das tust du nich, Mr. Doyle, Mr. Doyle Redmond. Du läßt mir das durchgehen. Das ist echt witzig. Ich meine, *du* läßt mir einen kleinen Scherz durchgehen, und gleich da drüben sitzen Ed und Milton, die Enkel von 'nem Kerl namens Logan, den dein Mr. Panda eiskalt ermordet hat.»

«Er hat das bezahlt, was die Dollys für Logan haben wollten.»

«So, so. Logan war mein Onkel, weißt du.»

«Das wußte ich nicht.»

«Das laß ich *dir* durchgehen», sagte er. «Logan», er schwenkte die Flasche 151er Rum umher, «was ich von meiner Familie so hör, und was ich selbst noch weiß, hatte so seine Ideen. Und es scheint, er konnte sie nich für sich behalten. Er war gut im Zählen, jedenfalls konnte er bis neun zählen. Das hat ihn auf eine von den Ideen gebracht, die er nich für sich behalten konnte. Die Idee, die er hatte, weil er bis neun zählen konnte, weißte, war, daß Mr. Panda vielleicht Mr. Smokes Daddy sein könnte.»

Ich stand nur da und inhalierte den Rauch.

Er fuhr fort.

«Sieh mal, der Mann, zu dem du Daddy sagst, so hat man mir das erzählt, weißt du, der war noch 'n paar Monate mehr als neun in Korea oder irgend so 'nem Schlitzaugennest, und deine Mama hat bei Mr. Panda gewohnt, dem Zuchtbullen, drüben beim ...»

Mcin erster Schlag, ein linker Haken, traf ihn oben an der Stirn, denn er hatte die Richtung geahnt und sich gerade so weit gedreht. Er grunzte und hob die Flasche 151er. Ich verpaßte ihm einen heftigen Hieb aufs Handgelenk, und die Flasche flog weg und traf mich am Ohr. Ich umklammerte ihn mit beiden Armen und drückte die Lucky auf seiner Haut aus, während er mir sein Bier in die Augen spritzen wollte. Deshalb senkte ich den Kopf und rammte ihm meine Stirn gegen die Nase. Ich spürte, wie sie nachgab. Es gab ein merkwürdiges Geräusch, und er machte: «Oh!» Der Schmerz ließ ihn die Hände heben, und ich stieß ihm kräftig das Knie in die Weichteile. Mein Ohr fühlte sich geschwollen an, vielleicht war es auch ab. Ich riß den linken Arm hoch, streckte den Ellenbogen vor, drehte mich schnell zur Seite und schlug ihm mit dem spitzen Knochen wie mit einem Knüppel ins Gesicht, immer und immer wieder.

Ich sagte irgendwas wie: «Du frauenverprügelnder Sack voll Scheiße.»

Er ging zu Boden – er war auch nur ein Mensch. Ich hatte ihm gerade einen kräftigen Tritt in die Hüftgegend verpaßt, als die Schlägervisagen das Verandageländer enterten.

Damned Spot war in heller Aufregung und völlig verdattert, weil sie nicht wußte, ob sie nach den Händen schnappen sollte, die sie eben noch gestreichelt hatten.

Milton und Ed hatten flink ihre Trappermesser zur Hand, aber sie bauten sich vor mir auf und zögerten – anstatt mich abzustechen, bevor ich den niedlichen Ladystinger ziehen konnte.

Sie glotzten die Pistole an und hatten beide ein großes Fragezeichen auf ihren komischen Gesichtern.

Ich hörte, daß die Fliegentür geöffnet wurde. Die Schlägervisagen kamen mit den Messern auf mich zu, Ladystinger hin oder her, sie entstammten ja einer Familie, die ihren Sprößlingen ein seltenes Maß an unerschütterlicher Blödheit vererbte.

Ich hätte nur zweimal mit dem Finger zucken müssen, um zum Massenmörder zu werden, aber da, *Wumm!* versetzte Smoke dem einen (Milton, würd ich sagen) von hinten einen Tiefschlag, und der andere drehte sich um und kriegte Smokes Faust ans Kinn.

Smoke hatte die beiden messerschwingenden Dollys in Null Komma nichts plattgemacht! Die beiden Schlägervisagen waren k. o., bewußtlos wie Kleinkinder, die gedacht haben, in Mamis Old-Crow-Flachmann wär Coca-Cola.

«Was zum Teufel ist los mit dir, Doyle?»

«Er hat mich genervt.»

«Er hat was? Er hat dich *genervt*? Jesus noch mal, Bruder, jetzt legt er dich um. Das wird dich erst *richtig* nerven.»

Das Frauen-Trio kam auf die Veranda. Es war ihnen nicht nach Plaudern zumute. Sie standen einfach nur da und sahen zu, wie Damned Spot die tiefergelegten Dollys beschnüffelte. Springer fing an, ein paar Geräusche von sich zu geben, Sabbern und Stöhnen, irgendwas in der Richtung.

«Das Spiel hat Spaß gemacht», sagte Shareena zu Niagra und Big Annie. «Ich hab ein paar neue Antworten gelernt.» Dann betrat sie das Schlachtfeld. «Ich werd die Mannsleute mal fix nach Hause karren. Wenn die zu sich kommen, werden die ziemlich sauer sein, schätze ich mal.»

«Wir tragen sie in den Wagen», sagte Smoke. «Wir gehn Ihnen ein bißchen zur Hand. Ich möchte, daß Sie wissen, daß wir wirklich nichts gegen Sie haben, Shareena.»

«Ich versteh schon», sagte Shareena. «Das ist bloß der 151er Rum, der bringt jedesmal Unheil. Mein Mister kann ja nicht ohne, obwohl das Zeug ihn verrückt macht, fast so verrückt, wie ihr Trottel seid, wenn ihr nich Verstand genug habt, die drei Dollys hier sofort abzuknallen.»

Die Staubwolke, die der davonfahrende Chevy aufgewirbelt hatte, war verflogen. Die Gang stand in der Küche rum und war nicht sehr gesprächig. Smoke sah mich nur an und schüttelte den Kopf. Wie stets nach einer Schlägerei hatte ich wild flatternde Schmetterlinge im Bauch, aber langsam legte sich die Panik. Schließlich beantwortete ich die Frage, die Smoke die ganze Zeit auf der Zunge lag: «Alte Sünden werfen lange Schatten.»

Mein großer Bruder glotzte nur.

Niagra holte das Fleisch aus dem Kühlschrank und warf es auf den Küchentresen. Sie öffnete die Folie, und ein Haufen roter Rehsteaks kam zum Vorschein.

«Wir werden das arme Mädchen nich essen», sagte sie. «Mit dem Fleisch stimmt was nich.» Sie schob die Steaks mit spitzen Fingern hin und her. «Am besten füttern wir nich mal Damned Spot damit.»

19 Realismus

Der Mond hatte Blut im Gesicht. Nachtwind kam auf und verhieß mieses Wetter. Die hohen Bäume kriegten das Zittern, wie paranoide Junkies, und das Rascheln des Laubes klang wie blödsinniges Speed-Geplapper. Doch der Himmel war weit und klar über uns aufgespannt, es war gute Sicht und keine Wolke zu sehen. Auch die Geldplantage wogte unter dem roten Mond. Die Pflanzen standen wie ein stoischer Indianerstamm stumm um uns herum, und manchmal nickte einer der finsteren Fährtenleser grimmig.

Wir hielten Wache. Niagra hockte im Schneidersitz und hielt ein Gewehr im Schoß, und ich hatte den Ladystinger dabei. Ich glaubte nicht, daß wir noch diese Nacht ausgeraubt würden, denn wir hatten die Dollys ziemlich gründlich verdroschen. Aber Smoke und Big Annie waren da nicht so optimistisch, und deshalb hatten wir mitten im Wald Posten bezogen, um die Finanzflora zu bewachen und das Geldgemüse zu schützen. Weil es immerhin möglich war, daß Abzocker unseren Spuren folgten, parkten wir den Volvo bei Panda und schlichen dann über den Friedhof und an Tararum vorbei in die Wälder.

Ich hatte Niagra die Stiefel ausgezogen und hielt ihre nackten Füße im Schoß. Mein Ohr schmerzte und war ein bißchen geschwollen, aber die romantischen Gefühle überwogen. Sie hatte eine Rolle Klebeband dabei, und ich klebte ihr Streifen auf die Knöchel und Füße. Diese Zekken sind zu klein, um sie einzeln zu zupfen, und wenn man eine hat, hat man gleich eine ganze Armee. Mit Klebestreifen kriegt man sie am besten ab, eine Schwadron nach der anderen. Ich saß da, hielt ihren hübschen Fuß, brachte die Klebestreifen an und wußte, ich war verliebt.

Sie wußte es auch. Sie sprach über vieles – über Nebensächlichkeiten und über Herzensangelegenheiten. Dieses Mädchen hatte mächtig konkrete Träume, bis in alle Einzelheiten, und sie redete fast so darüber, als wären es Tatsachen.

Ich bin auch immer anfällig für meine eigenen Träume gewesen. Ich kannte die Symptome, wenn nicht gar dieses spezielle Fieber. Niagra schien sämtliche Paperback-Biographien aus Hollywoods Glanzzeiten gelesen zu haben, und einige ihrer Traumpläne waren nicht mehr auf dem neuesten Stand. Ich gab mir Mühe, dieser Kleinen, die ich vermutlich liebte, behutsam ein paar Neuigkeiten beizubringen.

«Dann muß ich mir wahrscheinlich Arbeit suchen», sagte sie. «Einen stinknormalen Job. Vielleicht fang ich als Garderobenmädchen im *Mocambo* an.»

«Ich glaube, das *Mocambo* hat dichtgemacht», sagte ich.

«Wann?»

«Oh, vor zwanzig oder dreißig Jahren, würd ich sagen.»

«Nein! Scheiße.» Ihre Füße rutschten in meinem Schoß hin und her. «Dann eben im *Ciro's*.»

Ich brachte es nicht übers Herz.

Ich ließ das *Ciro's* weiterbestehen.

Der Nachtwind mit seinen lauen Sommerböen machte mich ganz kirre. Die Temperatur hatte exakt jenen fabelhaften Punkt erreicht, wo Körper- und Luftwärme sich entsprechen und man sich schwerelos und auf überwältigende Weise eins mit der Atmosphäre fühlt. Man schwitzt wie blöde, aber trotzdem ist es ein Gefühl wie in Gottes Armen, es duftete nach Wald und Fluß, und nach den Füßen eines Hillbillymädchens im August.

Niagra redete weiter. «Dir ist bestimmt aufgefallen, daß du das Bier riechen kannst, wenn die rülpsen. Wenn sie küssen, hörst du ihr Herz schlagen, riechst den Schweiß und spürst, wie's in ihren Unterhosen zappelt. Wenn sie fies drauf sind, merkst du einfach, daß sie völlig falsch erzogen wurden und einfach so sein müssen.»

Ich hatte vor mich hin geträumt und konnte ihr gerade nicht mehr folgen, nickte aber trotzdem.

«Und der Punkt ist, Doyle, daß ihr Stil so absolut *realistisch* ist, daß sie dich mit einem Blick von so ziemlich allem überzeugen können. Mit einem Naserümpfen. Schon wie sie gehen.»

«Äh, tja», sagte ich. «Von wem sprichst du?»

«*Method acting.* Eine bestimmte Auffassung von Schauspielerei.»

«Ja, klar. Brando und Dean. Die immer so murmeln und rumzucken, ja?»

«Sie murmeln und zucken, um eine neue Ebene von *Realismus* zu erreichen.» Sie zog die Füße aus meinem Schoß, weil sie wohl ein bißchen sauer war, und schob sie sich unter den Po. «Marilyn Monroe hat das auch so gemacht. In dem Film, nach dem ich benannt bin, spielt sie die Hauptrolle. Ich spüre ... na ja ...»

«Eine Verbindung?»

«Genau.» Sie kicherte und sah zu Boden. «Da könnte vielleicht eventuell was dran sein.»

«Du bist nach ihrem Film benannt. Das ist doch schon mal was.»

«Da steckt mehr dahinter. Ich will nicht sagen, was alles – aber ein guter Goomer könnte es rauskriegen.»

Da saßen wir also ziemlich schwer bewaffnet mitten im Wald, hörten die Güterzüge über die Hügel pfeifen und klappern, und plauderten über die Schauspielkunst. Niagra hatte im Book Nook unten in Hardy, Arkansas, *Strasberg at the Actors Studio* aufgetrieben und es verschlungen. Ich ließ ein paar ergänzende Bemerkungen über *Method acting* fallen, die größtenteils auf Verfilmungen von Tennessee-Williams-Stücken beruhten, und sie schob mir wieder die Füße in den Schoß. Ich schwadronierte über Julie Harris und Gena Rowlands, Al Pacino und Karl Malden.

«Karl Malden?» fragte sie. «Ist das nicht die Knollennase? Der Typ mit dem Hut, der im Fernsehen für Kreditkarten wirbt?»

«Das macht er *heute*», sagte ich. «Aber er ist auch ein berühmter *Method actor*, wußtest du das nicht?»

«Nein», sagte sie. «Wußte ich nicht. Aber ich mein wohl auch mehr Leute wie James Dean und Al Pacino ... so die Richtung.»

«Die hübscheren Schauspieler.»

«Sind sie das?» fragte sie. «Jedenfalls jagen die mir echt kalte Schauer über den Rücken mit ihrem *Realismus.*»

«Aber diese *Method actors*, Niagra, machen echt was durch, gehn an unheimliche Orte, um diese wirklichen Schauer erzeugen zu können.»

«Ich will Schauspielerin werden», sagte sie. «Vor so was

hab ich keine Angst.» Sie ballte die Zehen und streckte sie wieder, und dann lehnte sie sich zurück, und unter ihren Händen knackten Zweige, als sie ihr Gewicht verlagerte. «Bei den *Method actors* sieht alles immer wie in der wirklichen Welt aus. Und das ist der einzige unheimliche Ort, den ich kenne.»

«Die wirkliche Welt?»

«Wo ich auf die wirkliche Welt stoße, das ist der unheimliche Ort.»

Ich gab die ganze Zeit mein Bestes, einen verliebten Teenager zu mimen. Ich habe nie das typische Teenager-Liebesleid durchgemacht. Mich quält keine unglückliche Liebe aus meinem siebzehnten Lebensjahr, und deshalb fühle ich mich wohl um irgendwas betrogen. Bevor ich zum Marine Corps ging, hatte ich mit anständigen Mädchen noch nicht viel zu tun, und in Camp Pendleton geriet ich dann an die falschen. Meistens kamen sie von der mexikanischen Grenze und rangierten in der Fünfzehn-bis-zwanzig-Dollar-Kategorie. Ich war siebzehn, na klar, aber keine schnelle Nummer in einer Puffpofe war romantisch genug, mich anschließend nicht mehr loszulassen. Es gab da bloß ein dürres, kleines Mädchen, das an einer Orange kaute, während ich mit meiner Männlichkeit in ihr herumfuhrwerkte. Sie biß so fest in die Orangenscheiben, daß mir der Saft in die Augen spritzte und die Augen von der Säure tränten. Sie schien seit Jahren kein Obst gegessen zu haben. Das war ein intimer Moment, den ich wohl nie vergessen werde – aber nicht, weil irgendwelche großen Wonnegefühle dabei eine Rolle gespielt hätten.

Heimliche Küsse in der Pause auf dem Schulflur, Flirts auf dem Abschlußball – all diese jugendlichen romantischen Aktivitäten waren mir fremd. Knutschen im Dog'N

Suds, ein Mädchen, das meinen Ring an einer Kette um den Hals trug, oder verständnislose Eltern – all das hatte ich nie erlebt. Und jetzt saß ich hier und hatte eine Teenager-Liebesaffäre, bloß daß ich fünfunddreißig Jahre alt war – und um es klar und deutlich zu sagen: Es war genau so, wie man sich immer erzählt, und noch viel schöner.

Aber voller verborgener Untiefen.

Niagra sagte: «Das ist wohl jetzt Angeberei, aber ich finde, daß ich irgendwie einfach ... ich weiß nich ... *was Besonderes* bin. Ich kann mehr als andere. Deshalb werd ich mich mit Mr. Lee Strasberg treffen, und er wird mich unterrichten und mein Lehrer sein, bis ich alles kann.»

«Na ja», sagte ich. «Es muß ja nicht gleich Lee Strasberg sein.»

«Doch muß es. Er führt auch das West Coast Actors Studio.»

«Es gibt 'ne Menge Lehrer, die *Method acting* unterrichten. Viele von denen wären ganz in Ordnung.»

«Nein. Für mich wird es niemand anders als Lee Strasberg sein.»

«Das wird nicht gehn», sagte ich. «Der gute alte Strasberg ist tot, Niagra.»

Ihr Gesicht verlor allen Glanz, die Kinnlade klappte ihr herunter, und die Enttäuschung war unübersehbar.

«Sag nich so was, Doyle. Das is nich lustig.»

«Kleine ... er ist vor ein paar Jahren gestorben.»

«Nein!»

«Mit zweiundachtzig, dreiundachtzig, so um den Dreh.»

Sie glaubte mir und begann zu weinen. Ich hatte meine Hillbillyette-Schönheit zum Weinen gebracht, weil ich sie mit unerwünschten Kenntnissen überfallen hatte. Sie ließ sich rückwärts auf den Boden sinken, auf die Zweige und das Laub, und schluchzte. «Muß ich denn immer die Arschkarte ziehen?»

Eine Säule ihres Traums war weggebrochen, und länger als eine Stunde sagten wir kein Wort. Ich rubbelte ihre nackten Füße und wollte keinen billigen Trost spenden. Ihre Schultern bebten, sie ballte die Fäuste vor dem Gesicht und weinte um Lee Strasberg.

20 Das komplette Programm

Niagra und ich hielten frischverliebt Händchen, während wir uns den Weg durch den Wald bahnten. Vor lauter aufkeimender Courtoisie trug ich ihr Gewehr lose über der Schulter, und der Ladystinger steckte hinten in meiner Hosentasche. An Bäumen, Büschen oder unebenen Stellen mußten wir uns manchmal loslassen, und dann kamen wir an den perfekt gemähten Rasen von Tararum. Es war die Stunde vor Sonnenaufgang, und es wehte ein kühler Wind. Der Hähnchenschenkelpalast zeichnete sich dunkel und gotisch ab, und wir nutzten die Heimlichkeit der Nachtstunde, schlichen an den sexy Gartenstatuen vorbei und betatschten sie.

Wer immer von den Byrums die Statuen ausgewählt hatte, schwärmte eindeutig für die Antike, denn alle Körperformen schienen alten griechischen Idealmaßen nachzustreben. Die Frauen hatten kecke kleine Brüste und trugen Krüge oder Schalen, und die Männer waren kraushaarige Prachtkerle mit tadellosen Ärschen. Niagra legte eine Hand auf eines dieser Hinterteile, und daran, wie sie zupackte, merkte man, daß sie ein Faible für diesen billigen Pseudokram hatte.

Sie sah zu Tararum hinüber. «Die in der Villa, die führen ein Leben, wo einfach *alles* zur Hand ist.»

«Wenn das doch bloß noch unser Land wäre.»

«Ich muß dir was sagen, Doyle», sagte sie. Ihre Hand wanderte über den klassischen Hintern des griechischen Typen. «Um mal ganz ehrlich über meine Gefühle zu sprechen – ich muß gefickt werden.»

Diese Worte, lang erwartet, machten mich schlagartig völlig übermütig.

Grabsteine und kleine Metallkreuze sind Hektar um Hektar auf dem Friedhof aufgereiht, und ich nahm Niagra an der Hand und führte sie unwillkürlich direkt zu der Ecke, in der die Redmonds begraben lagen. Zwei knorrige Eichen überragten das Familiengrab, und die Grabsteininschriften lieferten zu vielen Gesichern in der Galerie der Toten die Namen. Einige Gräber waren eingesunken und bildeten Mulden, wie eine weiche Matratze, auf der man jahrelang geschlafen hat.

«Hier?» fragte ich.

«Warum nicht.»

Allmählich graute der Morgen, und der Sonnenaufgang war nur eine winzige Drehung des Globus entfernt. Das Gras war kurz gemäht und feucht vom Tau. Irgendwo in der Nähe sprotzte ein Pickup erste Lebenszeichen, dann heulte der Motor auf.

Niagra blieb stehen, betrachtete die Gräber, zog dann die Shorts runter, über die roten Stiefel und auf den Boden. Sie trug einen strahlendweißen Slip, ein unschuldiges Alltagshöschen, und die Stiefel gingen ihr fast bis zu den Knien. Sie wirkte aufmerksam und ernst, während sie zwischen den Grabsteinen hin und her ging und mit dem Finger auf jeden einzelnen zeigte.

«Irgend jemand Spezielles?» fragte sie.

Ich ließ mir die Frage durch den Kopf gehen, und in dem grauen Licht konnte ich die Namen der Redmonds entziffern: Isaac, Thomas, John W., Permelia und Kind, Aquilla, der treue Vater, Charlotte, die kleine Louisa, noch ein Thomas, noch ein Aquilla, der kleine Earl, Jeb, Manfred, Regina und dann Doyle. Ausgeblichene Plastikblumensträuße lagen über die Gräber verstreut; die Vasen waren umgekippt, und der Wind und die achtlosen Fußtritte der Kinder, die den Totenacker als selbstverständlichen Kriegsspielplatz nutzten, hatten die künstlichen Blumen neu arrangiert.

Ich konnte Doyle nicht wiederstehen. Doyle hatte einen abgerundeten Grabstein, ungefähr einen Meter hoch. Doyle hatte ein hartes Leben geführt, und Doyle war jung gestorben.

Imaru gefiel er.

«Der wär genau der richtige für einen Goomer.»

Ich lehnte das Gewehr an Aquilla, den treuen Vater. Ich konnte Niagra deutlich sehen: die roten Stiefel, den weißen Slip und die kräftigen Beine.

«Dein Top», sagte ich. «Zieh es aus.»

Ihre Augen, diese grünen, klugen, verschlafenen Augen, waren nicht zu erkennen, aber ein Zucken lief durch ihre Schultern.

«So macht man das wohl», sagte sie. Sie fuhr mit den Fingern unter die Träger, um das Top hochzuziehen, und sagte: «Du bindest deinen Pferdeschwanz auf. Wie ein Wilder. Ein Goomer-Doktor.»

Gesagt, getan. Das lange, dunkle Haar fiel mir wirr ins Gesicht, und sie riß ihr Top hoch und ließ es in den Tau fallen. Sie posierte in den roten Stiefeln und dem strahlendweißen Slip, ließ die Arme hängen, beugte ein Knie vor, stieß die Stiefelspitze in die Erde und hob den Absatz – eine Country-Ballerina. Sie lächelte gleichmütig und selbstsicher, legte dann die Hände auf die Brüste und strich sacht über die Nippel, bis sie dick wie reife Beeren waren.

«Ich weiß, daß du weißt», sagte ich, «daß du wunderschön bist.»

«O ja. Ich weiß.» Niagra senkte die Hände, bückte sich und ließ das Schulmädchenhöschen über die Stiefel hinabgleiten, und die ganze Bewegung hatte eine übermütige Grazie. «Wir müssen vor Sonnenaufgang fertig sein», sagte sie und warf das Höschen ins feuchte Gras. «Ich hätte es gern intim. Zieh dich aus.»

Ich riß mir die Kleider vom Leib, als stünden sie in Flammen. Stiefel hierhin, Hemd dorthin, und die Jeans kickte ich irgendwo in die Gegend. Niagras blonder Schopf leuchtete im Licht der Morgendämmerung verlockend, und das Wort «Seidenschleier» lag mir auf der Zunge.

«Der sieht ziemlich groß aus», sagte sie.

«Na ja», meinte ich, und dann packte mich eine lächerliche Aufrichtigkeit, und ich hörte mich mit Maßen rausplatzen, wie sie ein Teenager fieberhaft recherchiert und ständig im Kopf hat, «etwa drei Zentimeter länger als der nationale Durchschnitt.»

Sie nickte gemessen.

«Da kann ich ja stolz sein.»

Ich ging auf sie zu, die Arme ausgebreitet, im Begriff, mit den Präliminarien zu beginnen, einem Aufgebot von Lippen und Zunge und Fingerspitzen, dem vorsichtigen Vorspiel für eine Anfängerin. Aber diese Jungfrau wollte nichts davon wissen: Sie betrachtete den Himmel und sah den gelben Streifen im Osten. Ich war auf die Knie gesunken und wollte Phase zwei meiner Zungenfertigkeit demonstrieren, aber sie schob meinen Kopf weg.

«Keine Zeit», sagte sie. «Meine Pflaume schmeckt sowieso sauer. Die ganze Nacht im Wald hocken, hinter Bäume pinkeln und all das.»

Niagra spuckte sich auf die Finger der rechten Hand und rieb sich die Spucke in die Pflaume. Sie beugte sich über Doyle, den Er-Möge-Ruhen-In-Gottes-Armen-1923-1947-Doyle, mit dem Bauch auf dem Grabstein und hochgerecktem Hintern.

«Mach's mir so rum. Angeblich sind Goomer so besonders potent.»

Sie hatte glücklicherweise eine Stellung eingenommen, gegen die ich noch nie was hatte. Ich näherte mich und sah, wie sich ihr Rücken von den breiten Schultern bis zur schmalen Taille verengte, Muskelstränge, *Trapezius*, glaube ich, sah, wie ihr Po sich deutlich von den Schenkeln abhob, ein fester, runder und fleischiger Po. Dann ein kurzer Stoß nach oben, meine nackten Füße rutschten im Tau, und hinein.

«Mmh», machte sie. «Mmh.»

Als ich schneller zu stoßen begann, schüttelte sich Niagra die Haare aus den Augen und sah mich über die Schulter an. Sie klammerte sich an den Grabstein, und ihr Haar flatterte bei jedem Stoß. Sie guckte ungeduldig und verkniffen.

«Mmh. Mmh.»

Der Akt war ziemlich kunstlos. In ihrem Kopf erscholl bestimmt kein Orchester, keine Streicher spielten zu einem Ständchen auf, um uns zu leidenschaftlicher Verschmelzung anzutreiben. Da war nur ich, der pumpte – nicht eben unglücklich, aber ziemlich reduziert aufs rein Zweckmäßige –, und die Jungfrau Niagra sah mich mit großen grünen

Augen und zusammengekniffenen Lippen über die Schulter an.

«Mmh. Mmh.»

Meine Haare peitschten, und als ich spürte, daß ich kam, ohne Gummi und mir dessen bewußt, zog ich ihn raus und spritzte ihr auf den Rücken und die Beine, das Sperma schoß heraus und besprenkelte sie von den Schenkeln bis zu den Haaren. Als die heißen Tropfen tropften, lachte Niagra auf, zuckte und lachte, bis ihr die Luft ausging.

Ich plumpste zu Boden und legte mich auf den Rücken, und Niagra stand auf. Sie fuhr mit den Händen über das Sperma, zerrieb es zwischen den Fingern und betrachtete es.

«Oh, Sahne!» sagte sie. Sie hielt sich einen Finger an die Lippen, leckte vorsichtig und lachte wieder. «Saaahne!»

Die Sonne ging auf. Auf den Friedhofsbäumen keckerten die ersten Eichhörnchen. Ich sah zu, wie Niagra sich bückte und auf der Suche nach ihrem Slip mit den roten Stiefeln durch den Tau glitt. Sie benutzte ihn als Handtuch und trocknete sich damit die Haare, den Rücken und die Beine ab.

«Ich werd das alles unter ‹nützliche Erfahrungen› abspeichern», sagte sie. «Trotzdem muß ich schon sagen, mit der Zunge hat mir besser gefallen. Aber jetzt haben wir wohl endlich das komplette Programm durchgezogen.»

21 Maisbrei und Ehrgeiz

Smoke schlug sie etwa in Hüfthöhe mit einem Machetenhieb ab. Sie fielen zur Seite, die Zweige zitterten, und die fünffingrigen Blätter bebten wie vor Entsetzen gespreizte Hände. Er arbeitete im Abendlicht vor sich hin und wurde mit jedem Machetenschlag geschickter.

Ich folgte meinem großen Bruder, sammelte die Pflanzen zu Viererbündeln und stopfte sie dann, soweit es ging, in schwarze Plastiksäcke. Ein großer Bruder kann in den Augen seines kleinen Bruders überlebensgroß wirken, und einer wie Smoke wird leicht zur Legende und bekommt eine bedenkliche Wichtigkeit. Ich sah zu, wie Smoke mit nacktem Oberkörper mit der Klinge hantierte, und mußte an einen Spruch seiner ersten Frau Sandra denken. «Schätzchen, ich hab Smoke das erste Mal am Eleven Point River gesehn, und ich hab gedacht, du liebe Güte, da geht *Herkules* schwimmen!» Damals war er achtzehn und makellos, und sie heirateten einen Monat später. Aber es stellte sich bald raus, daß Herkules mit Häuslichkeit nichts am Hut hatte, und Sandra ließ sich ein Jahr später von ihm scheiden.

Die Ernte war eine elende Plackerei. Man mußte sich bücken und rumkriechen. Die Hitze hing immer noch in der Luft, selbst nachdem die Sonne untergegangen war, und wir schwitzten wie Politiker am Tag des Jüngsten Gerichts. Eine Kanne Eistee stand auf dem Boden, und wir tranken direkt aus dem Ausgießer; die kalte Flüssigkeit lief uns die Unterlippe hinab, über Brust und Bauch, zügellos wie Barbaren löschten wir unseren Durst.

Mein Job war es auch, den Boden sorgfältig nach Knospen abzusuchen, die beim Ernten vielleicht abgefallen waren. Ich bückte mich, watschelte im Entengang an den Pflanzen entlang und lauschte dem Zischen und Krachen von Smokes Machetenhieben. Es ist eine merkwürdige, machtvolle Blutsbandenpoesie, denke ich, irgendwas, das uns Redmonds immer wieder veranlaßt, gemeinsam, als Familie, Gesetze zu brechen. Fällt schwer, dem zu widerstehen.

Als ich sechsundzwanzig war und für kurze Zeit in Lawrence, Kansas, mit einer älteren Frau zusammenlebte, die mich mit ihrer Brieftasche kontrollieren wollte und mit der Tatsache, daß sie schon ein Buch veröffentlicht hatte, platzte Smoke eines Tages bei mir rein und sagte: «Du mußt mir Rückendeckung geben.» Er wohnte damals in K. C., nur ein paar Schritte von *Jimmy's Jigger* entfernt, mit einer sehr jungen Frau zusammen, die auf die Kunsthochschule ging. Wir fuhren mit seinem großen alten Cutlass nach K. C. und parkten in der Nähe der Country Club Plaza. Er gab mir eine Pistole, und ich steckte sie in meinen Mantel.

Die abstrakte Expressionistin, auf die Smoke flog, war offenbar in der Kunststudentenclique zum unverbrauchten Bohemien gereift, was okay war, aber als er eines Tages nach Hause kam, fand er sie in den Armen besorgter Nachbarn vor, wie sie nach einem intellektuellen Heroinexperiment langsam blau anlief. Smoke hatte rausgekriegt, wo sie das Zeug herhatte, und er ging mit mir von der Plaza rüber zum Volker Park.

Der betreffende Kerl war eine erstaunlich abstoßende Erscheinung mit einem betörend junkieblassen Gesicht und ging meistens in der Nähe des Springbrunnens seinen Geschäften nach, wo er sich an die Schülerinnen der gemischten Schulen und die abgefahrenen Schicksen von der nahe gelegenen Uni und Kunsthochschule ranmachte. Smokes Freundin war genau in dem Alter, in dem das Leben mit dem Spritzbesteck auf der Straße den Sehnsüchtigen und Wagemutigen eine Art Schleichweg zu substantieller geistiger Entwicklung zu bieten scheint.

Aber Smoke haßte Heroin kaum weniger, als er H-Dealer haßte.

Der Dealer trug einen coolen langen, schwarzen Mantel, riesige Schuhe und eine runde Sonnenbrille, wie es zu seiner Rolle im Leben paßte. Er hatte einen runden, flachen Filzhut auf und tat mordsgefährlich, als hielte er sich für eine Mischung aus Bogart, Charlie Parker und Pretty Boy Floyd. Trotzdem landete er auf dem Arsch, und bevor er merkte, daß er ein Problem hatte, steckte er schon knietief in der Scheiße. Er hatte irgendeine mickrige Waffe in der Tasche, aber Smoke warf sie in den Springbrunnen und machte sich an die Arbeit. Er versetzte dem Kerl ein paar grausige Tritte. Der Typ fragte immer nur: «Was soll das? Was soll das?» Er wußte wohl nicht, ob er gerade verhaftet oder bloß plattgemacht wurde.

Zwei oder drei seiner Helfer standen in der Nähe, bei den Bäumen, die es dort gibt, aber ich richtete die Pistole auf sie und sagte: «Das ist ganz allein sein Problem.»

Sie zogen sich außer Sichtweite zurück, sprangen wahrscheinlich in den Expreßbus nach Prairie Village, aber ein ganzer Haufen Spaziergänger und Penner kriegte die ganze Sache mit. Die meisten sammelten ihre Ausrüstung oder ihr Picknicktuch zusammen und liefen weg, aber ein paar riefen uns abfällige Bemerkungen zu.

Der Kerl war säuberlich in alle Einzelteile zerlegt, und die Herointütchen trieben im plätschernden Springbrunnenwasser. Smoke sah kurz zu mir rüber, seine Fingerknöchel waren blutig und sein Gesichtsausdruck ein bißchen abgedreht, mit einem irren Blick, der fragte: Erkennst du mich noch?

Dann hörte er auf. Wahrscheinlich hatte er Angst, mit einem weiteren fiesen Kopftritt zum Mörder zu werden.

Ich filzte den Kerl und fand das Geldscheinbündel. Der Betrag enttäuschte mich.

«Wir können ihn auch gleich ausnehmen», sagte ich. «Spritgeld.»

Die Malerin mit dem Faible für kreative Offenbarungen, die einem angeblich allein durch erniedrigende Erfahrungen zuteil werden, war bald wieder auf dem Damm, aber sie war stinksauer auf Smoke. Sie machte Schluß mit ihm, verpfiff uns aber weder bei dem Dealer noch bei den Bullen.

Als er mich an diesem Abend in Lawrence absetzte, sagte er: «Kommt's dir nicht auch so vor, kleiner Bruder, als müßten wir anschließend meistens wegrennen, wenn wir mal was zusammen unternehmen?»

«Stimmt. Oder wenigstens beeiden, daß alles ganz anders war.»

«Mmhm. Wir Redmond-Jungs sind schon 'n schönes Gespann.»

«Ab und zu», sagte ich. «Und nur, wenn's sein muß.»

Bei Sonnenuntergang zogen Trickfilmfarben über den Himmel. Die dicke Mutti Natur hatte ein paar knallige Farbtöne auf den Rand der Welt gesprüht. Die Geldplantage war komplett einkassiert und in schwarzen Plastiksäkken verstaut. Bevor wir den Pickup beluden, legten wir eine Verschnaufpause ein, denn wir konnten sowieso nicht losfahren, bevor es nicht stockdunkel war.

Kröten quakten, und man hörte das Getriebe der Laster aufjaulen, die auf dem Holzfäller-Highway hinter dem Wald den Hügel erklommen.

Mir ging's so richtig gut. Ich fieberte meinem Anteil entgegen und wollte einen neuen Roman schreiben. Vermutlich würde er doch nicht von Imaru handeln, denn dafür kannte ich sie/ihn noch nicht gut genug. Es würde vielleicht eine weitere Hyänen-Story werden. «Die Hyäne kehrt heim», so in der Richtung. Diese Sache mit mir und den Büchern geht verdammt tief, bis in mein Innerstes.

Als kleiner Junge war ich oft außen vor, weil ich viel wußte, Bücher verschlang und ständig Nachschub aus der Stadtbücherei holte.

Mein Wissen hat mir wenig Freunde eingebracht. Damals hingen die Jungs am Schlachthof rum, lehnten am Zaun, und irgendein Dorfdepp warf irgendwas in die Runde wie: «Daddy hat gesagt, bei den Chinesenmädchen is der Schlitz quer und nich von oben nach unten», oder: «George Washington hat in Gettysburg den Krieg für uns verloren», oder einer schrie rum, er wär jede Menge in anderen Bundesstaaten rumgekommen und wüßte ganz genau und mit Sicherheit, daß Louisiana in New Orleans läge, und nicht umgekehrt.

Dann meldete ich mich mit ein paar sachdienlichen Hinweisen zu Wort, oder mit Tatsachen, die ich meinem Lektürepensum verdankte, mit nichts Besonderem, mit Dingen, die sich leicht rauskriegen ließen, und wurde dafür geschlagen und angespuckt, als Bücherwurm, Blödmann und Besserwisser beschimpft, und ich wehrte mich, so gut ich konnte. Ich bekam meinen letzten Wachstumsschub erst beim Corps, deshalb waren viele dieser antiintellektuellen Gefechte, was das Alter und die Körpergröße anging, so unfair, daß Mom Smoke losschickte, um meine Argumente zu untermauern.

Aber als ich zwölf oder dreizehn war, beschloß selbst Smoke, nach vielen Spitzfindigkeiten und abfälligen Bemerkungen von meiner Seite, daß ich wirklich ein Bücherwurm-Blödmann-Besserwisser war, und erzählte in der ganzen Stadt herum, er würde keine Streitigkeiten mehr schlichten, die von meiner unverbesserlichen Klugscheißerei herrührten.

Er sucht bei mir immer noch nach Anzeichen dafür.

Einmal hat er's mir heimgezahlt. Ich war sechzehn, und Jack London war schuld. Ich schrieb schon lange nachts im Bett Geschichten, aber mir fehlte ein Vorbild. Dann stieß ich auf Jack London. Ich las eine Biographie über ihn, die von Irving Stone, glaube ich, und fand heraus, daß Jack es mit fünfzehn bereits zum Austernräuber gebracht hatte und ein eigenes Boot besaß, und mit ihm an Bord lebte eine Nutte, für lau! Hier saß ich, war schon *sechzehn* und hatte nicht mal annähernd etwas so Romantisches erlebt, von dem ich eines Tages erzählen konnte – *das Leben lief einfach an mir vorbei!*

Wir waren gerade erst nach K. C. gezogen, und ich beschloß, wenigstens Boxer zu werden. Ich drosch im Keller auf General Jos alten Armee-Matchsack ein, daß die Wände wackelten. Ich klaute bei Walgreens alle Boxzeitschriften und studierte sie.

Irgendwann war ich soweit, daß ich mir einbildete, ein bißchen was vom Boxring und der darin praktizierten Kunst zu verstehen.

Smoke kam an seinem Geburtstag zum Abendessen rüber. Er war gerade bei Frau Nummer zwei: Ruth Ann, eine angehende Kosmetikerin. Kurz vor dem Essen sagte Mom zu ihm: «Box mal 'ne Runde mit Doyle, Smoke. Schau mal, ob der Junge was kann.»

Wir zogen uns im Keller die Boxhandschuhe an. Ein armseliger Boxring. Die Wände bestanden aus unverputztem Beton, und überall standen Regale voller Konservendosen, die Mom im Sonderangebot gekauft hatte. Der Raum war so niedrig, daß Smoke sich bücken mußte.

Ich hatte ein paar Artikel über Young Griffo gelesen, einen Boxer, der so schlau und fintenreich war, daß er auf einem Handtuch stehen konnte und trotzdem während einer dreiminütigen Runde keinen Schlag ins Gesicht abbekam. Ich dachte: Schlau? Fintenreich? Na klar, das bin ich.

Ich gab Smoke zwei kurze Gerade auf die Nase, und die rötete sich ermutigend, und ich dachte, ich hätte es mit einem einfallslosen Schläger zu tun, einem blutigen Laien. Ich versetzte ihm einen Leberhaken, und dann erinnere ich mich nur noch an das Eisenbahnunglück in meinem Kopf, und all die Maisbreidosen prasselten auf mein Gesicht herab. Ich wich kaum einer aus, die Dosen trafen.

«Nur 'n kleiner Haken», sagte Smoke. «Du bist reingelaufen.»

Die Maisbreidosen hatten mich blutig geschlagen. Meine Lippen waren aufgeplatzt, und auf der Stirn hatte ich eine klaffende Wunde.

«Das reicht», sagte Smoke. «Ich bin zu groß für dich.»

Ich stand auf, kickte die Dosen beiseite und ging auf ihn

los. Meine ganze Technik hatte sich in Luft aufgelöst. Ich ging auf ihn los und fuchtelte wie ein Betrunkener, der einem Schmetterling nachjagt.

Er hielt mich mit ein, zwei leichten Schlägen in Schach, nahm mich dann fest in den Clinch und sagte: «Gib auf, Cassius.»

Oben besah sich Mom mein blutiges Gesicht und fragte dann Smoke: «Und?»

«Er ist nicht schlecht», sagte Smoke und zuckte mit den Achseln. «Hat jedenfalls irgendwie Ehrgeiz.»

Dieser Kampf bewies, daß ich nicht Young Griffo war und Jack mir immer noch weit voraus. Ich sah mich gezwungen, in die Gänge zu kommen und *irgendwas* zu unternehmen. Ich beschloß, entweder ein berühmter Hippie oder ein Kriegsheld zu werden. Die verschiedenen Mythen kämpften in meiner Phantasie gegeneinander an: Iwo Jima, Woodstock, Marschtornister, Bajonette, Körperbemalung, Love-Ins, nächtliche Patrouillen, Chesty Puller, Henry David Thoreau, The Jefferson Airplane und *To the Shores of Tripoli*.

Zwei Monate später kamen mir die Hippies zu modisch vor, und ich ging zu den Marines.

Als die Schatten ihre volle Länge erreicht hatten, luden wir die schwarzen Säcke auf den Wagen. Wir arbeiteten gemächlich Hand in Hand, wie es Neureichen zusteht. Die Razorback-Red-Strünke verschwanden hübsch und beruhigend zwischen den weniger wertvollen Pflanzen. Nachdem wir die Ernte eingefahren hatten, mußte man schon genau wissen, wo man suchen sollte, um die Pflanzstelle zu finden.

Hin und wieder unterbrachen wir die Arbeit und ergötzten uns an einer besonders wohlgeformten Knospe, und frische Habgier und Gärtnerstolz stiegen uns zu Kopf.

Während einer dieser Pausen sagte Smoke nach einem Schluck Eistee: «Ich will mich aus dem Kansas-Haftbefehl freikaufen, weißt du.»

«Meinst du, das klappt?»

«Mein Anwalt meint das. Erst mal muß ich den natürlich bezahlen, man glaubt's ja nich. Aber er meint, mit zehn Mille würd die ganze Sache schon anders aussehen, und sie würden die Anklage fallenlassen.»

«Und wenn nicht?»

«Scheiß drauf», sagte Smoke. «Ich kann mich weiter hier unten verstecken, ich brauch bloß besseres Bier und besseren Scotch.» Er stupste mich an und grinste so breit, daß die Narbe auf seiner Stirn zuckte. «Und du, kleiner Bruder?»

«Keine Ahnung», sagte ich. «Vielleicht fahr ich nach Westen zurück und schreib 'n neues Buch.»

«Du brauchst 'n Bestseller, oder?»

«Ich brauch 'n Aufhänger. Mit 'nem Aufhänger kriegt man auch 'n Bestseller. Was für die Öffentlichkeit, meine ich.»

«So was kann ich nicht gebrauchen», sagte Smoke. «Keine Publicity.»

«Ja, aber ich brauch die.»

«Du glaubst doch bloß, daß du die brauchst.»

Es fehlten noch zwei Herzschläge zu völliger Finsternis, als wir mit der Schufterei fertig waren. Die Säcke lagen aufgestapelt auf der Ladefläche, mit der Öffnung zur Fahrerkabine. Wir klopften uns grade den Staub, das Laub und die Krabbelviecher ab, die an unserem Schweiß klebten, als ich innehielt, weil ich glaubte, ein ungutes Geräusch gehört zu haben.

«Stimmt was nich?» fragte Smoke.

«Vielleicht täusch ich mich.»

Ich führte uns auf das Geräusch zu, ein gedämpftes mechanisches Brummen. Smoke lud die Schrotflinte, und ich hielt den Ladystinger in der Hand. Wir schlichen ganz langsam zum ausgetrockneten Flußbett des Gum Creek, und dann sahen wir sie.

Ein junges Mädchen, vielleicht vierzehn, mit fabelhaft langen Haaren, schimmernden schwarzen Haaren, saß auf der anderen Seite des Flußbetts auf einer Geländemaschine. Sie trug eine Latzhose und Wanderstiefel. Ich glaube, sie sah uns in die Augen, und ich glaube, sie grinste oder lächelte kurz. Wir dachten wohl beide daran, sie sofort, auf der Stelle abzuknallen – kurzer Prozeß. Sie schnaubte verächtlich und schüttelte den Kopf, als verachtete sie unsere Zögerlichkeit, gab dann ordentlich Gummi und brauste Richtung Brücke davon.

Wir sahen ihr nach, und Smoke sagte: «Ach du Scheiße.»

Der schwarze Schopf des Mädchens fächerte sich hinter ihr auf wie die breiten Schwingen eines Aasfressers.

«Ich weiß», sagte ich. «Das Mädchen bedeutet nichts Gutes.»

22 Der Traum wird wahr

Unser County ist nach einem frühen Siedler benannt, der vermutlich nicht mal seinen Namen richtig schreiben konnte. Moses Howl errichtete 1847 die erste Handelshütte hier in der Gegend, mitten im Ort, ungefähr dort, wo sich jetzt der Picknickpark von West Table befindet. Ich bin mir ziemlich sicher, daß der alte Moses auf dem Treck von den Carolinas in die Ozarks in seinem Nachnamen einen Vokal eingebüßt hat, und jetzt ist die Kurzform geschichtlich zementiert, und bis heute wird unser County auf den Landkarten von Missouri falsch geschrieben. West Table hingegen verdankt seinen Namen einfach den natürlichen Gegebenheiten. Unsere Stadt liegt in einer Ebene, in der Prärie, auf einem *Table* eben, und westlich des Mississippi, in der Ferne von Hügelketten umgeben, und der Name hat sich wahrscheinlich auf dieselbe Art eingebürgert, wie ein dicker Junge eben Fettsack und ein Hüne Mordskerl genannt wird.

Ich fuhr Niagra und Damned Spot mit dem Volvo zu Pritchard's am Town Square. Die Reifen quietschten, als ich von der Schotterpiste auf die ebene Stadtstraße einbog. Wir kamen an dem Schild vorbei, auf dem die Stadt für sich warb: WENN SIE HIER WOHNEN WÜRDEN, WÄREN SIE JETZT ZU HAUSE.

«Das sah toll aus», sagte Niagra.

«Was?»

«Die ganzen Geldpflanzen kopfüber im Schuppen zum Trocknen aufgehängt. Der Duft, und wie das aussah, das war toll.»

«Ein ermutigender Anblick», sagte ich. «Erhebend.»

Wenn man durch West Table fährt, gibt es ein paar hübsche Häuser zu begaffen. Viktorianische Villen, erbaut von den feinen Pinkeln der Stadt, als viktorianisch noch ein neuer Baustil war. Diese Sehenswürdigkeiten tragen immer noch den Namen der Familien, die sie erbaut haben, obwohl sie heute nur selten noch im Besitz der früheren Eigentümer sind. Die Einteilung in bessere und schlechtere Wohnviertel hat sich hier nie durchgesetzt, ist wohl zu undemokratisch, um bei uns Anhänger zu finden, und deshalb stehen zwischen den Villen und den schlichten Einfamilienhäusern jede Menge Baracken und Hütten. Neben einem perfekt erhaltenen viktorianischen Haus mit einem gepflegten Rasen sieht man nicht selten eine Slumhütte mit einer zerfetzten Fliegentür, einer wackligen Veranda und einem Vorgarten aus festgestampfter Erde. Die Leute hier in den Hügeln haben nun mal wirre Vorstellungen von Demokratie, aber das wilde Bauen macht auch den Maklern mit ihrem «Wertsteigerungs»-Gerede einen Strich durch die Rechnung. Aus diesem Grund wird West Table nie ein richtig schmuckes Städtchen werden, es sei denn, man drückt ein Auge zu.

Damned Spot saß bei heruntergekurbeltem Fenster auf dem Rücksitz und hielt die Schnauze in den Fahrtwind – eine Angewohnheit, die Kötern offenbar einen Riesenkick gibt, was ich nie verstanden habe. Mit ihren Pfoten hatte sie Lizbeths feine Polsterbezüge ziemlich vollgesaut, und ab und zu krallte sie sich darin fest, um das Gleichgewicht zu halten, und ich fand das prima.

Wir parkten am Ende des Town Square, direkt vor Pritchard's. Dort gibt's Gemüse, Textilien und Videos zum Ausleihen. Es war eiskalt in dem Laden, und Niagra und ich lungerten erst mal 'ne Weile neben der Eistruhe rum, so gut tat uns die Kälte.

Ich schnappte mir einen Einkaufswagen und fuhr rüber zum Limoregal. Wir wußten, was wir wollten: Coke. Die großen Plastikflaschen. Eine Coke, zwei Coke, sechs Coke, ein Dutzend.

Niagra schleppte eine Zwei-Liter-Packung Vanilleeis an, und wir legten sie zu den zwölf Flaschen Coke. Der Einkaufswagen sah aus, als wollten wir schnell nach Hause und uns Diabetes holen.

Aber wir hatten einen Auftrag zu erledigen, denn Smoke war der Ansicht, daß Coca-Cola zum Brotebacken ideal sei. Wenn man ein bißchen warme Coke auf das Dope spritzte, klebte das Grünzeug gut und ließ sich leicht zu Broten formen.

Die Verkäuferin war eins dieser alten Mädchen, die von den in der Natur vorkommenden Haarfarben nichts mehr wissen wollen und einen Blauton bevorzugen, von dem ältere Damen offenbar meinen, der Kontrast würde ihre geröteten Wangen frischer aussehen lassen. Was weiß ich.

Sie tippte alles ein und zählte die Flaschen. In den Hügeln war Erntezeit, und die alten Mädchen sind nicht auf den Kopf gefallen. Trotzdem lächelte sie bloß und sah mich ein-, zweimal verstohlen an. Ich kannte sie von früher, als ihr Haar noch nicht blau war.

Schließlich fragte sie: «Kenn ich dich nicht?»

«Doch, Mrs. Pritchard.»

Sie hielt inne, sah mich an und stellte dann die direkteste und entscheidendste aller Fragen hier in der Heimat: «Zu welcher Familie gehörst du, Schätzchen?»

«Zu den Redmonds.»

«Meine Güte! Du mußt einer von General Jos Söhnen sein, weil Bill, den lassen sie im Knast keine Kinder machen, oder?»

«Nein», sagte ich und lachte. «Ich bin einer von General Jo.»

«Gute Familie», sagte sie. «Die Redmonds haben hier eingekauft, seitdem mein Vater 1933 den Laden eröffnet hat.»

«Ich weiß», sagte ich.

«Die Redmonds waren hier früher 'ne angesehene Familie. Ich bekomme 22,32, Schätzchen.»

«Hier, bitte», sagte ich und gab ihr das Geld. «Wir nehmen den Einkaufswagen nur bis zum Auto mit.»

«Geht klar, Schätzchen.»

Ich hatte den Wagen fast bis zur Tür geschoben, als ich hörte, wie Mrs. Pritchard zu den Oldies, die auf den schattigen Bänken vor dem Schaufenster rumhingen, rüberrief: «Der Junge hier ist ein Sohn von General Jo Redmond. Kennt ihr den noch?»

Zwei der Oldies grinsten und nickten, und einer fragte: «Kämpft dein Daddy noch gegen den Suff, oder hat er's einfach aufgegeben?»

«Na ja», sagte ich, «ein Kampf war das eigentlich nie.»

«Nein. Nein, Sir, war es wohl nie.»

Solche Erinnerungen verfolgen einen, hoffe ich, nur in der Heimat.

Als ich auf dem Parkplatz das Auto vollud, hörte ich das Motorrad. Ich blickte zur Gasse hinüber und sah die schwarzen Schwingen davonfliegen.

Damned Spot heulte.

Imaru zitterte.

Nach dem Mittagessen rückte mir Big Annie auf die Pelle. Ich spürte, daß sie mich nicht aus den Augen ließ. Wenn ich hochblickte, sah sie zwar weg, wich aber nicht von der Stelle.

Niagra sagte irgendwas, daß sie mit mir zum Twin Forks River gehen wollte, und ich nickte.

Als Niagra ins Haus schlenderte, um sich fertigzumachen, blies Big Annie zum Angriff. Ich saß mit Smoke in der schattigen Verandaecke, las die *West Table Scroll*, und sie kam an und baute sich direkt vor meiner Nase auf. Sie stand breitbeinig da, stützte die Hände auf die Hüften und zog die komplette Gluckennummer ab.

«Sie ist verliebt in dich», sagte sie.

«Wir machen bloß 'ne Kanufahrt.»

«Du bist ihr erster.»

«Smoke, kannst du den Volvo für mich an der Blaney Bridge abstellen?»

«Klar. Kein Problem.»

«Hör zu. Sie ist verliebt in dich, und du bist ihr erster.»

«Leg die Schlüssel auf den rechten Vorderreifen.»

Sie schlug mir die *Scroll* aus der Hand, packte meinen Pferdeschwanz und zog so fest daran, daß mir Tränen in die Augen traten.

«Big Annie!» sagte ich.

«Ganz ruhig, Doyle», sagte sie in einem sanfteren Ton. Dann setzte sie sich auf meinen Schoß und streichelte mir die Wangen. «Du bist ihre erste große Liebe, weiter nichts. Sie will Meskalin einwerfen und mit dir auf den Fluß. Ich hab ihr das Meskalin aus meinem Geheimdepot gegeben, schließlich ist sie jetzt erwachsen, und sie ist *dermaßen* verliebt in dich, Junge, und ich will doch bloß, daß … Herrgott noch mal, der erste ist doch ganz wichtig für später, verstehst du?»

Sie streichelte mir immer noch die Wangen.

Smoke gab nur den schwerbeschäftigten Paterfamilias und betrachtete selbstgefällig seine Fingernägel, völlig in Gedanken versunken. Sein ganzer Textbeitrag bestand aus einem Räuspern.

Damned Spot wollte zu Big Annie auf meinen Schoß, aber ich schmiß den Hund runter.

«Ich will doch bloß, daß du mit meinem Baby losgehst und ihr was Schönes zeigst, was *richtig* Schönes, das sie für … für *immer* im Herzen tragen kann.»

«Du setzt mich ganz schön unter Druck, Big Annie.»

Da packte die mütterliche Hand wieder meinen Pferdeschwanz – Ziehen, Tränen.

«Du kannst ganz bestimmt wenigstens besonders lieb zu ihr sein, nicht wahr?»

«Scheiße, ja.»

«*Unvergeßlich* lieb.»

«Ja, das kann ich.»

Sie ließ meinen Pferdeschwanz immer noch nicht los und sagte: «Ich kann mich auf dich verlassen, oder?»

Also glitten wir gemächlich und auf Meskalin in der klaren Strömung, jagten an den Stromschnellen über orangene Felsen und trieben träge und steuerlos über die Seen. Die hoch aufragenden Felsvorsprünge spendeten selbst in der

Nachmittagshitze ausreichend Schatten. Das kühle Wasser aus den vielen Quellbächen umspielte die faustgroßen Steine auf dem Grund und die langen, grauen Felsplatten, die man bei jeder Wassertiefe erkennen konnte. Es gab viele Fische zu sehen, die hindrapiert wirkten wie Ausstellungsstücke, um betrachtet und bewundert zu werden, aber es war aussichtslos, nach ihnen zu langen. Forellen, Karpfen, Flußbarsche und Weißfische schwammen durch den Kanuschatten.

Es war wirklich das reine Entzücken, mit einem schönen Mädchen in einem Schlauchboot auf Meskalin und Quellwasser dahinzugleiten und ab und an ein Paddel in den Fluß zu stoßen, um an dem Ganzen teilzunehmen. Wir hatten Bier, Luckies und ein paar Grasjoints dabei, deren Wirkung überflüssig und kläglich war, wo doch schon das Meskalin ungehindert durch unsere Adern und Hirne strömte.

Niagra lag in meinen Armen und hatte beinahe ununterbrochen ein Dope-Grinsen auf den Lippen. Wenn wir unter Ästen dahintrieben, auf denen sich Schlangen sonnten, kuschelte sie sich süß an mich und legte das Gesicht auf meine Brust. Wir küßten uns die ganze Zeit, mit Zunge und allem.

Irgendwann auf dem Twin Forks River nahmen die Drogen unsere Gehirne restlos in Beschlag, und alles geriet ins Schwanken und war kaum noch zu verstehen. Besonders Wörter.

«Ist das nur eine Affäre?» fragte Niagra.

«Hä?»

«Bin ich für dich nur eine Affäre?»

«Ich hab doch hier, weißt du, keine Affäre, oder was?»

«Wenn das nur eine Affäre wäre ... Dafür ist unsere Liebe zu schade.»

«Affäre? Ich versteh kein Wort.»

Wenn andere Kanus vorbeifuhren und die Paddler uns fröhlich zuriefen, bekamen wir als Antwort grade mal ein Lächeln zustande. Wir kümmerten uns nur selten darum, wohin wir fuhren, und steuerten kaum, wir vertrauten uns einfach aufs Geratewohl der Strömung an. Niagras schöne Hand lag auf meinem Bauch, und mein Bauch ist ja nicht allzuweit von meinen Genitalien entfernt. Sie rieb mir den Bauch, und mein Schwanz zuckte. Das ist natürlich der große Spaß an Sex und Drogen – die Sinne sind von der Kette gelassen, und das Hirn ist so blöd, daß es alles prachtvoll findet. Ein Atemhauch am Ohr, ein Reiben mit dem Fuß kann sich anfühlen, als würden einen sechs Frauen gleichzeitig so richtig in Fahrt bringen.

Trips haben mich schon immer aufgegeilt. Ein einziger Strom hochprozentiger Geilheit. Einmal, auf Guam, als ich vom Obergefreiten zum Gefreiten degradiert worden war, schob ich am Haupttor Wache. Ich trug meinen Dienst-Tropenhelm, eine rote Kordel und einen weißen geflochtenen Gürtel, von dem ein 45er an meiner Seite herabhing, und ich hatte ein Zeug eingeworfen, das *Orange Speckle Acid* hieß. Ich ging völlig in meiner Aufgabe auf, Fahrzeuge durchzuwinken, verlor meine Seele an diesen Job und salutierte jedermann, daß die Funken flogen – selbst Passanten, denen nicht salutiert werden mußte. Ich war bei der Magischen Marine, bis mich zwei Frauen, australische Touristinnen, glaube ich, nach dem Weg fragten und ich offenbar einfach davonging, von meinem Posten desertierte und ihren schlanken, sonnengebräunten Beinen folgte. Ich befand mich in einer Traumwelt aus fleischlichen Gelüsten und dachte, den braungebrannten Beinen und dem Rest der Damen ginge es ähnlich. Ich weiß noch, daß ich mehrere hundert Meter von meinem Posten entfernt war und daß die Aussie-Mädchen auf mich einredeten, ich könne nicht mitkommen. Geh nach Hause, sagten sie, als wenn sie zu einem superdoofen Hund sprächen. Der wachhabende Sergeant, ein Beinahe-Akademiker namens Liggett, riß mich von ihnen los, lachte laut und sagte: «Ich hab Ihnen doch gesagt, Sie sollen keine ganze Tablette schlucken.»

Ich setzte meinen Dienst fort, trug bei jeder Bewegung mächtig dick auf, und Sergeant Liggett ließ mich nicht aus den Augen. Als meine Schicht um war, sagte er: «Heute, Redmond, waren Sie ein so verdammt guter Marine, wie ich das bei Ihnen noch nie gesehen habe.» Auf der Rückfahrt zu den Baracken lenkte er den Dienstjeep von der Hauptstraße auf einen Urwaldweg, der in meiner Vorstellung der Tierpfad zum Mittelpunkt der Erde war, und blies mir einen. Ich erinnere mich noch genau. Ich steh nicht auf Männer, davor nicht und später auch nicht, aber es war wie in einem Film, der komplett falsch geschnitten war, und ich konnte nichts machen. Als ich kam, erblühte ich zu einem Stern, der im Jetstream glänzte. Mir haben seitdem 'ne Menge Frauen einen geblasen, manchmal auch auf Drogen, aber, *großer Gott*, um die Wahrheit zu sagen, keine von ihnen konnte, was das Blasen anging, dem guten alten Sergeant von der Wache auch nur das Wasser reichen.

«Ich fühl mich komisch», sagte Niagra. «Aber gut.»

Die Sonne hatte sich in ihrem Haar verfangen, und Niagra schien kurz davor zu verglühen. Wir trieben dahin. Ein Gedanke ging mir durch den Kopf, und ich jagte ihm nach, bis ich ihn aussprechen konnte.

«Weißt du», sagte ich, «am meisten bewundere ich die Verbrecher, deren Namen man nie erfährt. Wirklich, so muß man's machen.»

«Ich höre Frösche. Es ist zu früh für Frösche. Was ist das für ein Geräusch?»

«Ich hab was gesagt. Könnte es das sein?»

In den Uferkliffs gibt es überall Höhleneingänge, und die Höhlen sind voller Fledermäuse und Eidechsenknochen, und der Fluß entschied, an welcher wir halten sollten. Die Strömung riß das Schlauchboot auf einen Kiesstrand, von dem ein schmaler Pfad hinauf zu einer Höhle führte.

Wir stiegen aus, wohl wissend, was irgendwo auf dem Weg hinauf oder in der Höhle passieren würde.

«Ich liebe dich», sagte Niagra. «Und diesen Fluß.»

«Ich dich auch», sagte ich.

Ein kurzes Stück den Pfad hinauf hielt sie an. Ich zerrte schon an ihren Trägern. Sie sagte: «Du und ich, Doyle, wir werden was machen, das unvergänglich ist. Das ist mein Traum, und ich mein es ernst.»

Niagra kippte an der Flußbiegung ein Bier, und ich wusch und rieb mir im Wasser die Hände.

«Den einen Finger wasch ich lieber richtig gründlich», sagte ich.

Sie warf mir einen verstohlenen, glücklichen Blick zu und spuckte Bierschaum in den Fluß.

«Ein paar von den Sachen, die wir grade gemacht haben... Ich hätt nie gedacht, daß normale Männer *das* mögen.»

«Für normale Männer kann ich nicht sprechen. Aber *mir* hat's gefallen, und zwar jedes bißchen.»

«Mm-hmm. Stimmt.»

«Du scheinst es auch nicht grade gehaßt zu haben, Süße.»

«Ich kann auch nicht von mir behaupten, normal zu sein. Gott sei Dank.»

Ungefähr zur Abendbrotzeit kamen wir an der Blaney Bridge an. Ich entdeckte den Volvo ein Stückchen abseits der Straße.

Wir waren noch nicht die Bohne nüchtern, aber fix und fertig von der Sonne und dem Tag im Freien. Wir ließen dem Boot schnell die Luft raus, luden es in den Kofferraum und brachen auf.

In meinem Leben treibt eine karmische Kraft ihr Unwesen und sorgt dafür, daß, wenn ich zum Beispiel Meskalin eingeworfen, Gras geraucht, Bier getrunken und den ganzen Nachmittag an einem Flußstrand gebumst habe, bis mir Hören und Sehen vergeht, ich auf dem Heimweg von den Cops angehalten werde.

Sheriff Lilley winkte mich auf dem BB-Highway ran, mit Blaulicht, keine zehn Minuten von Big Annies Haus entfernt.

Ich stieg aus und lehnte mich an die Tür, und er kam angerannt und baute sich vor mir auf.

«Ich hab Anrufe gekriegt, Redmond», sagte er. «Von weit her, aus Kalifornien.»

«Heutzutage ist alles möglich, mit all den Kabeln und Masten und dem ganzen Scheiß.»

Seine Augen waren hinter einer verspiegelten Sonnenbrille verborgen. Er grinste. Sein breiter Schnauzbart zuckte, wenn er die Lippen bewegte.

«Du weißt, daß wir verwandt sind?»

«Ja», sagte ich, «weiß ich.»

«Bloß deswegen hau ich dir jetzt nicht auf deine freche Schnauze und reiß dir unter den Augen deiner Freundin hier auf der Straße den Arsch auf.» Er gab mir einen Schubs und setzte mir die Fingerspitzen auf die Brust. «Deine Frau von da drüben meint, der Wagen is gestohlen, Junge. Sie führt Ferngespräche und will dafür sorgen, daß dein Arsch hinter Gitter kommt.»

«Das klingt ganz nach ihr.»

Sheriff Lilley bückte sich und sah Niagra an.

«Kleine, weißt du, daß der Wagen gestohlen ist?»

Niagra, ihr kindliches Gemüt sei gesegnet, sagte: «Nein, Sir. Davon weiß ich nichts.»

«Dann weißt du's jetzt», sagte er. Er schien etwas lockerer zu werden; und tatsächlich gab er ein Geräusch von sich, das ich nur als Glucksen bezeichnen kann. «Hör mal zu, Junge. Ich hab mich auch schon von Frauen getrennt, und ich weiß, wie lächerlich und fies das manchmal zugeht. Schick der Heulsuse einfach den Wagen zurück. Sie ist die rechtmäßige Eigentümerin.»

«Mmh», meinte ich. «Damit ihr neuer Macker damit fahren kann.»

Das saß.

«Ach, jetzt versteh ich. So läuft das, ja? Das hat sie mir nich erzählt.»

Ich brauchte unbedingt eine Lucky. Ich steckte mir eine zwischen die Lippen, aber das Feuerzeug war wohl naß geworden, es schlug nur Funken und wollte nicht angehen. Die Funken sprachen vermutlich das Meskalin an, das ich noch intus hatte, denn ich war plötzlich ganz besessen davon, das Scheißding anzukriegen. Nach mindestens hundert erfolglosen Schnipsern sagte Sheriff Lilley: «Himmelherrgott, Junge, brauchst du Feuer für die Kippe, oder willst du mich mit dieser *Schnipp-Schnipp-Schnipp*-Scheiße wahnsinnig machen?»

«Feuer», sagte ich.

Er holte ein blankpoliertes Zippo raus, auf dem ein Lasso eingraviert war, und gab mir Feuer.

«Verdammt», sagte er. «Die Zigarette schmeckt hoffentlich himmlisch, Junge. Du hast hart genug dafür gearbeitet.»

«Man muß nur wollen.»

«Wollen kannste also», sagte er. «Und wenn ich wollte, könnt ich dich hier und jetzt für dreißig Tage ins Loch stekken. Aber Scheiß drauf, ich bin nich in der Stimmung.» Er klopfte mir tatsächlich auf die Schulter, drückte meinen Arm, um sich bei mir einzuschleimen. Sheriffs müssen sich von Leuten wie mir wählen lassen. «Das Auto wird ziemlich bald auf der Fahndungsliste stehen. Also, ich werd's morgen nicht draufsetzen, weil mir dieser Ehekram am Arsch vorbeigeht. Ich *kenn* das, ich hab das schon durchgemacht. Aber in gut drei Tagen, Scheiße, werd ich 'ne Fahndung rausgeben müssen, und bis dahin hast du Zeit, diese Kacke mit deiner Frau zu klären.»

«Herzlichen Dank», sagte ich. «Wir sind Vettern, nich wahr?»

«Nur Arschvettern», sagte er. Er ging zu seinem Wagen. «Bild dir nich zuviel drauf ein. Ich geb dir drei Tage, dann siehst du mich wieder. Und du wirst nicht erfreut sein, mich zu sehen.»

Er fuhr mit Blaulicht davon, und ich stand da, sah ihm nach und dachte: Imaru, Imaru, ist das immer noch Recherche? Oder ist das jetzt mein Leben?

23 Freibier für Incas

Jukebox-Schuppen, Rasthaus, Spelunke, Kaschemme, Nachtbar, Teufels-Zapfhahn, Bluteimer und Wasserloch in der Serengeti – unter all diesen Begriffen firmierte der *Inca Club.* Der Laden hat die Ausmaße einer Scheune, ist aus Holzbohlen erbaut, mit achteckigem Grundriß, und wirkt wie ein gefechtsbereites Grenzfort. Draußen hängt kein Schild, aber es gibt einen großen, staubigen Parkplatz, auf dem immer viel Verkehr ist. Der *Inca Club* hat schon Betrunkene auf den Highway 160 ausgespuckt, als der Highway 160 noch lediglich die Overlook Road war, damals, so um 1944.

Die Krieger, die aus der Großen Schlacht heimkehrten, sehnten sich nach einem Ort, wo sie rumsitzen und sich vor Zivilistenblicken geschützt besaufen konnten, und Tom Wofford eröffnete eine Kneipe für sie und nannte den Laden *The Inca Club*, nach einer Gruppe von Kriegern, die komplett gefallen war. Angeblich schrieb er bis zu der legendären Schlägerei vom 4. Juli 1947 rote Zahlen, erst anschließend kassierte er endlich bei den Veteranen für jeden einzelnen Drink. Bis dahin war er vor lauter Vaterlandsliebe und Traurigkeit der mit Abstand großzügigste Barkeeper gewesen, den ein G.I., Schipper oder Ledernacken je gesehen hatte.

Big Annie wußte einen Abnehmer für unser Produkt, einen gewissen David Anglin. Ich erinnerte mich dunkel, ihn aus dem *Inca Club* zu kennen, wo ich stundenlang recherchiert hatte, wenn ich wieder mal in der Stadt rumhing und Panda «besuchte» – Besuche, die eine Woche dauerten, und auch schon mal, wenn ich pleite war oder Lizbeth sich, zwischen Lehraufträgen, von meiner knallhart-evokativen Heimat inspiriert fühlte, drei oder vier Monate. Anglin war ein netter alter Kerl, ein ehemaliger Hilfssheriff, der die Seiten gewechselt hatte und oben in St. Louis und Carbondale, Illinois, jede Menge Gras verkaufte. Er betrieb untern am KK-Highway einen günstig gelegenen Supermarkt, der aber längst nicht genug Geld einzubringen schien, um sich davon ein großes Haus, eine Motorjacht, einen Katamaran, eine hübsche junge Ehefrau, die in Nudie's-of-Nashville-Klamotten rumlief, und Urlaub auf Marco Island leisten zu können.

«Anglin meint, er will die ganze Ernte kaufen», sagte Big Annie. «Aber erst mal will er natürlich 'ne Kostprobe.»

Ich ging in den *Inca Club* und hielt nach Anglin Ausschau. Ich ging allein. Die Gang war nervös, und die anderen patrouillierten schwerbewaffnet um den Schuppen und bewachten die Brote, unsere Zukunft.

Im *Inca Club* war es natürlich ein bißchen schummerig, wie Betrunkene und Gangsterbräute das eben mögen. Mr. Wofford saß am Ende des Tresens und sah zu, wie die Leute, die für ihn arbeiteten, praktisch nicht arbeiteten. Er trug eine schicke schwarze Latzhose mit silbernen Nieten entlang der Nähte, und ein gestärktes weißes Hemd mit kurzen Ärmeln. Sein Gesicht wurde von einer Sonnenbrille mit rötlichen Gläsern beherrscht, wie sie Augenärzte manchen Leuten verschreiben, aber er trug sie wohl mehr aus Imagegründen.

Er winkte mir zu. «Hey, Dukie-Boy!» Das ist seine Standardbegrüßung für jedermann. Er kannte mich und meine ganze Familie. Auch wenn ihm mein Vorname manchmal nicht einfällt, bin ich sicher, daß er weiß, wer ich bin.

Ich bestellte mir eine Flasche Bier. Auf einem Schild an der Wand hinter dem Tresen stand: FREIBIER FÜR INCAS. Ein gewagtes Versprechen, das Mr. Wofford nie auch nur eine Flasche kosten würde. Jedenfalls nicht, bis Imaru sich nicht mit Neuigkeiten meldete.

Anglin saß hinten im Raum auf dem Kotflügel einer roten 57er Chevy-Karosserie. Mr. Wofford hatte die Einrichtung um den klassischen Chevy bereichert, damit die Kunden auf der Rückbank sitzen, schmusen und bechern konnten, als wären sie wieder jung und ausgelassen, aber das hatte so viele «Ich will auch mal»-Prügeleien mit abgeschlagenen Flaschenhälsen zur Folge gehabt, daß er schließlich die Sitze rausriß und nur die Karosserie stehenließ.

«Hallo, Doyle», sagte Anglin. «Du bist es doch, oder?»

«Ich kann's nich ändern», sagte ich. «Wie läuft's denn so?»

«Hab Fett und Dollars angesetzt.» Anglin war um die siebenundvierzig, achtundvierzig und ziemlich von sich eingenommen – ein mürrisches Dickerchen. Sechzig Pfund Talg weniger, und er hätte grade mal so als Mittelgewichtler durchgehen können. Er war bloß eins zweiundsiebzig groß, schleppte aber rund zweihundertzwanzig Pfund mit sich rum. Man kennt das ja. Für die Gegend hier war er ziemlich städtisch gekleidet: Schlangenlederstiefel, schwarzes Seidenhemd, Schnürsenkelschlips, maßgefertigter Kuhheinihut – der ganze aufgedonnerte, typisch amerikanische Scheiß. «Hat Big Annie dich hergefahren?»

«Sie ist nicht mitgekommen.»

«Oh.» In seiner Branche kriegt man leicht Paranoia, und er schreckte ein bißchen zurück. «Weißt du, ich kenn sie sehr gut», sagte er. «Und dich hab ich nie richtig kennengelernt, Doyle. Nimm's mir nicht übel.»

«Aber du weißt, wie ich heiße. Du kennst meine Familie.»

Das nahm ihm den Wind aus den Segeln. Er atmete ein paarmal tief durch, und sein Fett schwabbelte hin und her. Er tippte sich an die Hutkrempe.

«Verdammt wahr», sagte er. «Und du wirst mich nicht bescheißen, oder?»

Es war etwa vier Uhr nachmittags, und die Jukebox spielte ausschließlich laute, primitivste Countryscheiße. Allerwelts-Jacks und -Jills läuteten frühzeitig ihr Zahltagsbesäufnis ein, und ein paar Bauarbeiter und Konsorten dankten Gott dafür, daß es Freitag war. Wegen des Lärms konnte man sich im Grunde nur pantomimisch verständigen, und viele Bemerkungen erläuterte man am besten mit Hand- und Mundbewegungen.

Trotzdem verstand ich Anglin, und er verstand mich.

Er begleitete mich auf den Parkplatz, wir schüttelten uns die Hände, lachten über einen abgedroschenen Witz, klopften einander auf den Rücken und führten die komplette Country-Parodie von Gaunerfreundschaft auf. Als er einmal ganz breit lächelte, fiel mir auf, daß seine Zähne bildschön waren, die dritten offenbar.

Während der Rückfahrt im Volvo hallte mir ein Musikstück im Kopf, wieder und wieder, es war nichts anderes als «Peace in the Valley».

Komisch, was?

24 Die Freuden des Landlebens

Also verbrachten wir den nächsten Nachmittag in Big Annies schattiger Küche. Die Damen zerschnippelten mit Zickzackscheren die Knospen, und Smoke und ich formten mit einem Müllzerkleinerer und ordentlich Coca-Cola die Razorback-Red-Brote. Ehrlich gesagt, wir waren uns nicht mal halbwegs im klaren darüber, was wir taten. Man hätte uns nicht als ernsthafte Haschpflanzer bezeichnen können oder als gewiefte Verbrecher, die ihren Profit im Auge hatten. Eher hatten wir die Spendierhosen an und dosierten besonders großzügig. Einige Zwei-Pfund-Brote sahen mehr nach drei Pfund aus.

Die Anlage begleitete uns den ganzen Tag mit Johnny Cash, Steve Young, Koko Taylor, den Stray Cats, ein paar Sachen von den Doors, Little Milton, Willie Nelson, Santana und Niagras Lieblingsplatte, *Marilyn Monroe Sings Golden Hits.* Wir tranken die Cola, die beim Brotbacken übrigblieb, inhalierten unser frisches Produkt, waren oh so glücklich und dem Reichtum so nah. Die Träume waren mit Händen zu greifen.

Kann das Leben schöner sein?

Das Telefon blökte. Niagra ging ran und sagte ein paarmal «Hä?» – und jedes «Hä?» bezeugte die Qualität unseres landwirtschaftlichen Erzeugnisses. Dann reichte sie Smoke den Hörer. Er lehnte am Kühlschrank und sagte: «Hallo, wie geht's?» und: «Ja, okay. Klar.»

Er legte auf und lächelte matt.

«Die Alten sind in der Stadt.»

«Oje», sagte ich.

«Sie wollen Kriegsrat halten, auf der Stelle, drüben bei Panda.»

«Was meinst du, großer Bruder?»

«Ach, Scheiße ... Ich bin's ihnen wohl schuldig. Sie haben die ganze Zeit für mich den Kopf hingehalten.» Er schüttelte seine Dreadlocks frei und nahm einen tiefen Zug aus einem Joint von den Ausmaßen einer Karotte. «Es ist bloß – ich weiß genau, was sie sagen werden.»

«Da kannste drauf wetten», sagte ich. «Es hängt mir jetzt schon zu den Ohren raus.»

Mom ist ein Schatz, eine treue Seele, die so leicht nichts krumm nimmt. Sie ist gut eins siebenundsiebzig groß und in ihrer Generation damit praktisch eine Gigantin, wiegt inzwischen um die achtzig Kilo, alles Muskeln, von Kopf bis Fuß, im Ernst, hat aber eine kokette Art drauf. Sie färbt ihr Haar nußbraun, lächelt, wenn sie etwas bestätigen oder ein Thema vermeiden will, und bekommt einen roten Kopf, wenn sie schmutzige Witze erzählt. Männer, denen ihre kräftige Statur keine Angst einjagt, haben sie stets umschwärmt und sind auf ihre makabre «Ich bin nur ein zartes kleines Blümchen, das der Wind zaust»-Nummer abgefahren, eine Szene, die ich oft miterlebt habe, deren Erfolg ich aber nie ganz verstanden habe.

Der Spätnachmittag wurde allmählich etwas kühler, und

sie breitete für die ganze Mannschaft ein Dinner aus. Sandwiches mit gebratener Mortadella und dicken Tomatenscheiben, dazu ordentlich Majo. Eine einfache Mahlzeit, die ihren Zweck erfüllt, und eine meiner liebsten nebenbei. In der Therapie habe ich erfahren, daß dieses Sandwich zu meinen «Trostspeisen» gehört – aber selbst diese tiefsinnige Erkenntnis hat mir nicht den Appetit darauf verdorben.

Als ich jung und hartherzig war und voller wilder, feindseliger künstlerischer Ambitionen steckte, wollte ich auf die unnahbaren, gesichtslosen «Großen» unserer Welt losgehen, bis sie klein beigeben würden, und ich glaubte, das fürchterlichste aller Sprichwörter sei «Der Apfel fällt nicht weit vom Stamm». Dieser Einstellung verdankte ich Angstzustände in den frühen Morgenstunden und eine andauernde, schreckliche Schüchternheit in der Gegenwart derjenigen, die vom Schicksal begünstigt zu sein schienen. Wenn ich nicht weit vom Stamm gefallen war, war ich dann verurteilt, zum Beispiel nicht Literaturprof an einem College zu sein, sondern Insasse Nr. 2679785? Ein auf Bewährung Entlassener, der siebzehn Jahre als Aufseher in der Nachtschicht im Kansas University Medical Center in K. C. arbeitete, und kein preisgekrönter Romanautor mit einem Strandhaus auf dem Cape? Ein schmieriger Pseudokünstler und kein angesehener Bürger, dem nie das Wahlrecht entzogen wurde?

Ich machte diese bemitleidenswerten, jämmerlichen Jahre durch, schämte mich meiner Herkunft, sprach von meiner Heimat als von «unserem Haus auf dem Lande» und von meinem Vater als von einem «Selfmademan». Ich senkte den Kopf und griff auf gut Glück zu, wenn ich an einer Speisetafel mit einem Übermaß an Gabeln konfrontiert war. Ich wollte den Eindruck erwecken, daß es nicht zu meinem Geschäftsbereich gehörte, einer anmaßenden Rotznase eins draufzugeben

Meiner Familie ist das bestimmt aufgefallen, und es muß ihr unerträglich gewesen sein, so offensichtlich waren meine Gefühle. Bis die Scham verschwand, ich weiß nicht warum. Ich änderte meine Meinung und hatte wieder den näselnden Tonfall drauf. Vielleicht lag es an all den Büchern von Faulkner, Algren und Whitman. Jedenfalls besann ich mich schnell wieder auf meine Herkunft, die ich verleugnet hatte, und vergaß meine eleganten Klamotten, die gesellschaftlichen Präferenzen und persönlichen Anekdoten, die dazugehörten. Ich bin, der ich bin, und, mit Verlaub, Sir, wenn Ihnen das nicht paßt, dann ficken Sie sich doch ins Knie.

An diesem Abend saß Panda wie stets am Kopfende des Tisches, lädiert und majestätisch, und ich konnte Moms großen Händen, wie sie die Sandwiches halbierten, nicht zusehen, ohne mich zu fragen: Lag Liebe darin, wenn sich ihre Blicke begegneten?

Auf dem Tisch standen je eine Flasche Johnnie Red und Cutty Sark, ein gläserner Tribut an einen kleinlichen Streit, den General Jo und Panda seit mindestens einem Jahrzehnt führten, nämlich: Welcher schmeckt besser?

Um nicht in Loyalitätskonflikte zu geraten, trank ich von beiden, aß ein Sandwich und sagte: «Das ist einfach wunderbar.»

«Ja, nich wahr?» sagte Mom.

«Ich find's toll, wenn wir so zusammenhocken», sagte General Jo. «Eine Familie.» Er tat seine Meinung über den Cutty kund, indem er ihn fließen ließ, und wenn er sich nachschenkte, sah man auf Pandas Gesicht die scharfe Beleidigung seines Geschmacks und seiner Scotch-Kennerschaft. General Jo hat mehr meine als Smokes Maße, ist aber zehn Kilo leichter. Er hat schönes, volles, graues, lokkiges Haar, das ihm sicherlich so mancher haarteiltragende Millionär gern abgekauft oder gestohlen hätte. Auf dem rechten Unterarm hat er eine schwachsinnige Knasttätowierung mit einer Flagge der Konföderation, aber das ganze Scheißding ist in verblichenem Blau gehalten und interessiert keinen mehr. Wenn er lächelt, bilden sich auf seinen Wangen sehr hübsche Grübchen, und für einen gelernten Hausmeister und jemanden, der in Jeff City, Korea und wohl auch in seinem eigenen Kopf so harte Zeiten durchgemacht hat, lächelt er oft.

Ich empfinde mich als sein Nachfolger. Ich habe wohl meine Fähigkeiten als Geschichtenerzähler von ihm geerbt, aber ich habe sie etwas verfeinert. General Jo hat meistens schon einen Schwips, wenn er mit einer Geschichte loslegt, und dann erzählt er zum Beispiel eine irgendwie belangvolle Erinnerung oder eine lokale Tragödie, und man hört genau zu, bis er sich rettungslos in den unwichtigsten Einzelheiten verzettelt, wie zum Beispiel: wie *hieß* gleich wieder der vierte Typ auf der Veranda, als der Holzlaster in das Haus krachte? Und bald hört man nicht mehr so genau hin oder gar nicht mehr, bis er schließlich für einen Augenblick schweigt, und man sagt: «Na ja, General Jo, der Name ist doch egal. Auf den Laster kommt's an.»

General Jo langte über den Tisch, schenkte mir einen dreifachen Cutty ein und lächelte breit.

«Wie geht's meinem Jungen?» fragte er.

Mann, als Imaru das hörte!

Smoke ließ sich durch kein Argument umstimmen. Für ihn war das alles kümmerliches Gerede, keinen zweiten Gedanken wert.

«Wenn ich soweit bin und das Geld hab, komm ich rauf und klär das mit den nervigen Bullen.»

«Und wann wird das sein?» fragte Mom.

«Bald.»

«Und das Geld ... Ich meine, Schatz, ich will ja nich *neugierig* sein, aber, wie kriegst du das?»

«Durch dieses und jenes.»

«Ich verstehe.» Sie lächelte und fächerte sich mit der *Scroll* das Gesicht, und dabei schwenkte sie ihre mächtigen Unterarme wie Alligatorenschwänze. Panda saß im anderen Zimmer und sah sich die Cardinals an, deshalb debattierte nur unsere kleine Kernfamilie. «Das ist doch nichts *Kriminelles*, oder?»

«Nich sonderlich, nein», sagte Smoke. Er machte eine Handbewegung in meine Richtung – eine Bitte um Unterstützung.

«Das kommt drauf an, wen man fragt», sagte ich. «Da streiten sich die Gelehrten.»

Mann, spitzte General Jo vielleicht die Ohren, als es um Verbrechen ging! Der alte Jagdhund, Gott segne ihn, hörte das Signal, witterte den Geruch. Er sprang aus dem Schaukelstuhl hoch, auf dem er zehn Minuten still gesessen hatte, ein Glas in der Hand, und ging auf und ab. Die Finger seiner freien Hand rieben die ganze Zeit aneinander. Es war rührend anzusehen, ich liebte ihn mehr dann je. Es schlummerte ein Appetit in ihm, der wohl nicht mehr gestillt worden war, seitdem er vor Ewigkeiten auf Bewährung entlassen wurde und sauber geworden war. Als ich mit Lizbeths Volvo in K. C. vorbeigeschaut hatte und er mir half, den Lack zu übersprühen und vor einem Pizzaladen örtliche Nummernschilder zu klauen, hatte er gestrahlt und sich mit ungehemmter Freude an die Arbeit gemacht.

Das Nicken von der Galerie der Toten – er brauchte es nicht weniger als wir anderen.

«Welche Art Verbrechen ist es denn?» fragte er.

«Da streiten sich die Gelehrten», antwortete ich.

«Raus damit», sagte er. «Zum Mitschreiben.»

«Dope», sagte Smoke. «Dope rauchen.»

«Ach», entfuhr es General Jo, und man konnte zusehen, wie sich seine Hoffnungen in Luft auflösten. Ich meine, vom Naturell her war er jemand für bewaffnete Überfälle und kein umherschleichender Gauner, der im Wald Marihuana anbaut und es dann vertickt. «Farmer.»

«Da steckt viel Geld drin», sagte Smoke. Er ging zu General Jo, packte ihn mit seinen Bärenpranken und hob ihn hoch – ein Zeichen von Zuneigung, bei dem unser Dad, der Exsträfling, immer kicherte, sich wand und rot wurde. Als Smoke ihn absetzte, sagte er: «Ich wollte dir zwei oder drei Brote schenken, General Jo. Aber wenn du das für Kinderkacke hältst, dann ist es mir auch egal.»

«Wieviel wiegt ein Brot?» fragte Mom. «Und was zahlen die Kids heutzutage dafür?»

«Ein Brot wiegt zwei, drei Pfund», sagte ich. «General Jo, bei den vielen Hausmeistern, die du kennst, könntest du vielleicht ...»

Er wiegte den Kopf und nickte dann.

«Aber ich bin Elektriker.»

«Er kennt die Preise nich», sagte Mom. «Wir müßten wissen, was die verschiedenen Sorten und Mengen und so kosten.»

«Verkauf's für zweihundert die Unze», sagte Smoke, «und deine Hausmeisterkollegen werden dich für den Weihnachtsmann halten.»

Da waren wir also, vor unserer Ahnengalerie, und die

Augen auf der Totenwand beobachteten uns, ließen Imaru sich unsterblich fühlen, und jeder einzelne tote Kopf auf unserem Stammbaum hätte gern genickt.

Mom und General Jo sahen sich an. Ich konnte förmlich hören, wie es in ihren grauen Zellen ratterte. Mom fragte: «Sechzehn, nich wahr? Unzen pro Pfund?»

«Mal zweihundert», sagte Smoke.

Die Alten blieben cool, bis das Ergebnis feststand. Bei der vielversprechenden Summe lächelte Mom und lief rot an, und General Jo breitete die Arme aus und sagte: «Gib uns einen Kuß.» Dann hielt es sie nicht länger. Sie lachten schallend, umarmten und küßten sich, ihre alten Füße tanzten, sie wirbelten umher, daß die Wände wackelten, und ich blickte zu den Bildern hinüber, und, o ja, ich sah, wonach ich suchte.

25 Der Mond macht Tuffy verrückt

Ein rötlicher, furchendurchzogener Feldweg führte in Schlangenlinien, durch Senken und enge Kurven zu Anglins Hütte. Als wir von der Schotterpiste auf den Feldweg eingebogen waren, hatten wir ein Metallgatter aufschieben müssen, das zwischen Eichenpfählen aufgehängt war. Die Hütte befand sich am anderen Ende von Anglins 120 Hektar Land, war vom Haupthaus durch eine Anhöhe getrennt und nur auf diesem Weg zu erreichen.

Ich fuhr auf der Ladefläche mit und lag gemütlich auf der aufgestapelten Ernte. Die Brote waren in schwarze Plastikfolie eingewickelt, lagen gut in der Hand, fühlten sich solide und kräftig an und waren ein schöner Anblick. Der Marihuanageruch, dieser exotische Heuduft, das magische Scheunenaroma stieg von den Broten auf und lag schwer und süßlich in der Luft.

Niagra saß am Steuer, kuppelte etwas umständlich, fuhr aber sicher, und Big Annie hockte auf Smokes Schoß. Sie saß mit dem Rücken zur Windschutzscheibe, ließ einen Arm aus dem Fenster baumeln und versuchte ein paarmal, an meinem Pferdeschwanz zu ziehen. Ich roch die Scotchfahne aus der Fahrerkabine und aus meinem eigenen

Mund. Die Gang war übermütig. Smoke und Big Annie hatten seit dem Gum Creek nur noch geschmust und gekichert, und außer meiner Hörweite wurden offenbar witzige Sachen erzählt, denn ständig drang Gelächter aus der Fahrerkabine zu mir heraus.

Die Hütte kam in Sicht, als wir aus einer Senke auf eine Anhöhe fuhren, auf der statt Bäumen hohes Gestrüpp wuchs.

Ich schlug mit der Hand gegen die Heckscheibe.

«Halt mal 'n Augenblick», sagte ich, als Niagra bremste. «Schaun wir uns das mal an.»

Der Wagen hielt, und die Scheinwerfer wurden ausgeschaltet. Die Gang stieg aus, ging nach vorne, stand vor dem Kühler und blickte zur Hütte hinab.

Ein Hund bellte, und man konnte eine Kette rasseln hören, als der Hund daran zog. Frösche quakten, und Glühwürmchen flackerten zu Dutzenden über dem ganzen Weideland.

Big Annie schien zu zittern und verschränkte die Arme vor der Brust.

«Harmoniert das hier?» fragte sie.

«Harmonieren? Was meinst du mit Harmonieren, Schatz?» fragte Smoke.

«Harmonieren eben.»

Ich glaube, es war zehn Uhr, so um den Dreh. Der Mond hing niedrig und fett am Himmel, war beinahe voll und trieb wie ein Angelkorken auf dem Firmament. Er war gelb wie angegammelter Käse, und der gelbe Mondschein färbte alle Dinge ein. Die Hütte machte nicht viel her: ein alter Holzfällerschuppen mit einer grobgezimmerten Veranda und einem Geländer aus abgelagertem Jungholz. Drinnen brannten Laternen und erhellten die beiden großen Vorderfenster. Man sah einen gemauerten Schornstein. Wilder Wein rankte von der Veranda und dem Geländer bis zum Schornstein hinauf und wucherte auch schon Richtung Tür. Neben der Verandatreppe stand ein neuer Pickup.

Der jaulende Hund war an das Verandageländer gekettet, und auf dem Abhang hinter der Hütte konnte ich die Umrisse einer kleinen Scheune und eines Geräteschuppens erkennen.

«Harmoniert das hier?» fragte Big Annie noch mal. Ihr Mißtrauen war ansteckend und ließ Angst und düstere Ahnungen aufkommen. «Ich bin mir nicht sicher, ob hier alles harmoniert.»

Der Hund bellte sich heiser, und das beruhigte uns auch nicht grade.

«So was wie Harmonie gibt's nicht», sagte Smoke. «Eine gottverdammte Harmonie gibt es nirgends.» Er schlug gegen den Kotflügel. «Laßt uns einfach runterfahren und reich werden.»

Niagra schob sich an meine Seite, und ich legte ihr einen Arm um die Schulter.

Sie flüsterte: «Dein großer Bruder ist kurz vorm Durchknallen, weißt du das? Ich meine, ihr seid *beide* kurz vorm Durchknallen, aber er noch mehr.»

«Woher willst du das wissen?» fragte ich, aber sie antwortete nicht.

«Spring auf», sagte sie. «Los geht's.»

Ganz locker hüpfte ich von der Ladefläche und winkte mit einem ausgewählten schwarzen Brot. Anglin stand mit einer Bierflasche in der Hand auf der Veranda und nickte. An seinem blauen kurzärmligen Arbeitshemd fehlte ein Knopf, und der Speck quoll ihm durch die Öffnung und brachte einen haarigen Bierbauch zum Vorschein.

«Ja, Donnerwetter», sagte er. «Den *müssen* wir probieren.»

Ungleichmäßiges Licht drang aus den Hüttenfenstern, das aber hell genug war. Der Hund heulte und winselte und jaulte.

Niagra fuhr rückwärts an die Treppe, und dann sprangen Smoke und Big Annie aus der Kabine. Ich ging die Treppe hoch, aber die Weinranken lagen im Schatten, und ich trat hinein und verhedderte mich mit den Stiefeln, bis ich mir den Weg freistrampelte.

Auf der Veranda streckte Anglin die Hand nach dem Brot aus, packte es, beugte sich dann zu meinem Ohr und sagte: «Scheiße, Kumpel, ich hab gedacht, du kommst nur mit deinem Bruder. Hab nich gedacht, daß ihr für 'n Grasgeschäft die Mädels mitschleppt.»

«Die sind Geschäftspartner.»

«Ich sag ja gar nichts.» Anglin sog tief die Luft ein, atmete aus und röhrte jovial: «Der Wagen riecht so richtig nach Geld.» Dann drehte er sich um. «Tuffy! Tuffy! Verdammt noch mal! Aus!»

«Was *hat* denn der Hund?» fragte Big Annie.

«Der Mond», brachte Anglin vor. «Der Mond macht Tuffy verrückt.» Er sah zu dem gelben Mond hoch, der wie ein Stinkekäseköder für Gründelfische über den Himmel trieb. Dann trat er zur Seite und winkte mit dem Brot in der Hand zur Hüttentür. «*Mi casa su casa,* Leute. Wir drehen uns 'n Joint und reden übers Geschäft, okay?»

In der Hütte beugte sich Big Annie im Laternenlicht über einen Faßbodentisch und drehte einen Joint. Das Faß hatte

Einschußlöcher in den Dauben und Messerkerben auf dem Boden. Big Annie runzelte beim Drehen die Stirn, und die weiße Haut zwischen ihren Augenbrauen wölbte sich empor. Ich beobachtete ihre Technik mit demselben Vergnügen, das man empfindet, wenn man einer Maniküre oder einem Feinmechaniker auf die Finger sieht. Sie zupfte das Gras hervor und zerbröselte es über einem Tops-Blättchen. Der Hundelärm ließ ihre Blicke umherwandern, aber sie rollte einen perfekten Joint und leckte ihn dann zu einer feuchten und absolut symmetrischen Pracht zurecht.

Anglin sagte: «Großer Gott, Mädel, wann hast du denn deinen ersten Joint gedreht?»

Big Annie zwinkerte ihm zu.

«Weiß ich nich mehr», sagte sie. In ihrer Stimme klang nur ein kleines bißchen Stolz mit. «In der Freedom Hall, oben in K. C., als MC5 da gespielt haben. Hast du mal was von denen gehört? Damals eben.»

Smoke beugte sich vor und gab ihr Feuer, und Big Annie inhalierte und nickte.

Aber – dieser Hund! Der Hund war völlig übergeschnappt, riß an der Kette und jaulte. Niagra und ich sahen uns an und gingen zur offenen Hüttentür hinüber. Man konnte kaum was erkennen. Anglin hatte den Joint genommen. Er sog daran und sagte: «*Oh yeah*, der ist sein Geld wert.»

In diesem Moment bewegten sich die Schatten unten bei der Scheune. Die Schatten bückten sich und zogen den Kopf ein, aber sie hatten sich bewegt. Aus einem dunklen Umriß sah ich lange Haare flattern, die Silhouette von Geierschwingen auf dem Hof.

«Steig in den Wagen», befahl ich Niagra und wandte mich dann an Anglin. «Sag mal, Dave?» Bei meinem mürrischen Tonfall entglitten ihm die Gesichtszüge ein wenig. «Das Mädchen da draußen, mit den langen Haaren?»

«Meine Nichte, von meiner Frau die Nichte. Was ist mit ihr?»

«Sie muß mal zum Friseur.»

Der Ladystinger blühte förmlich auf in meiner Hand, und ich zielte locker auf Anglin, der einfach dastand, den Joint im Mund, und guckte, als müßte er sich grade *genau den Witz* anhören, den er eigentlich selbst erzählen wollte. Ich schoß ihm in die Kniescheibe, und Blut und Bluejeansfetzen und -fäden flogen nur so in der Gegend rum. Es riß ihm das verletzte Bein nach hinten, er fiel vornüber und schlug dumpf mit dem Oberkörper auf.

«Hey!» schrie Big Annie. «Hey, hey, hey!»

«Sie sind da draußen», sagte ich. «Die Dollys.»

26 Auge um Auge

Smoke und ich hinterließen eine Blutspur. Es hatte uns beide erwischt, als wir vom Feldweg in die Schlucht runterrutschten. Sie waren uns zu dicht auf den Fersen. Alles geschah so schnell – Dollys hier, Dollys da, Tuffy, der Hund, heulend an der Leine. Ich hörte immer noch Anglins Finger brechen, ein Geräusch wie klickende Kiesel, als er nach seiner Pistole langte, während ihm das Blut aus dem Knie blubberte. Aber Smoke war schneller. Anglin redete irgendeine Scheiße über Bunk, Bunk Dolly, und ob wir glaubten, die wären komplett bescheuert, oder was? Smoke behandelte Anglins Finger wie Selleriestangen, die man um eine Dipschale drapiert, und der Mann schrie auf eine wirklich unvergeßliche Weise. Ich dachte daran, ihn umzubringen, aber ich überlegte zu lange, und dann war der passende Moment vorbei.

Wir konnten nur raten, wie viele sie waren – drei, würd ich sagen, dazu der verdammte Hund. Sie hatten uns oben auf dem Feldweg mit Schrot eingedeckt, Vogelschrot oder so, bestimmt kein grober Schrot, denn dann wäre das Geschlecht der Redmonds sehr wahrscheinlich im Schlamm dieser dunklen Schlucht ausgestorben.

Smoke und ich warfen uns in das Dickicht am Fuß der Senke. Wir stürzten uns ins Unterholz und das Gewirr aus Zweigen und Felsbrocken. Springer und die Dolly-Schlägertypen standen oben auf der Straße, schrien und luden nach. Von der Motorhaube ihres Wagens stieg Dampf auf, er hatte mindestens einen Platten, aber der Scheinwerfer, den weder Smoke noch ich getroffen hatten, leuchtete noch.

Ich lag flach auf dem Boden und steckte die Nase in den Dreck. Ich spürte, daß mein Atem laut ging, von der Anspannung noch verstärkt, und mich verraten konnte, selbst bis zur Straße hinauf. Die linke Hinterbacke tat mir weh, ein ganzer Schwarm von Stichen, und ich fuhr mit der Hand darüber und zog sie blutbeschmiert wieder hoch.

Springer stand auf der Straße, und das Metallding auf der Nase, die ich ihm gebrochen hatte, schimmerte. Ich konnte ihn ziemlich deutlich erkennen. Und der verdammte Tuffy sprang rum, zerrte an der Leine und wollte uns finden und fressen.

Ich hatte meine komplette Munition verballert.

Ich wußte wohl, daß dies die Nacht war, die lange, scheußliche Nacht, mit der mich meine leichtsinnige Seele und mein Herz praktisch seit dem Pißpottalter verfolgten, alles darauf angelegt hatten, sie endlich zu erleben.

Der Stinkkäsemond machte es nicht einfacher, sich zu verstecken. Smoke war schwerer verletzt als ich. Die Schrotsalve hatte ihn überall an der rechten Achselhöhle erwischt. Sein Bizeps sah aufgerissen aus, pfannenfertiges Hackfleisch. Selbst in der Dunkelheit konnte ich das Blut erkennen, das ihm den Arm hinab in die Faust rann.

Gemeinsam hatten wir genug Blutdunst in den Nachtwind abgegeben, daß selbst eine menschliche Nase es riechen konnte. Und jeder abgehalfterte alte Hund hätte es ebenfalls gerochen und uns in Windeseile aufgespürt.

Wir waren wild um uns feuernd aus Anglins Hütte gestürzt, wie in einem legendären Moment aus dem Leben unserer Vorfahren. Das Mädchen mit den Haaren, den Haaren und der Geländemaschine, brauste vor uns davon. Ich schätze, sie wollte das Gatter zwischen den Eichenpfählen schließen und uns einsperren. Aber Niagra gab auf dem roten Weg voll Stoff und holte sie ein. Niagra knallte mit dem Wagen gegen das Hinterrad der Geländemaschine und rammte das Mädchen kopfüber in einen riesigen Busch. Das Mädchen verfing sich im Astgewirr, und im Scheinwerferkegel sah man sie einen Meter über dem Boden in den Ästen hängen, wie eine rituelle Opfergabe an irgendeinen mächtigen Gott.

Smoke und ich ließen uns ein Stückchen die Straße runter, deren Namen ich nicht kenne, von Niagra absetzen. Sie kreischte: «Hab ich sie umgebracht? Was? Hab ich grad jemanden umgebracht?» Ich wußte keine Antwort darauf. Smoke sagte: «Fahrt den Wagen zu Panda. Versteckt ihn in der Garage. Ihr müßt die Ladung hier wegbringen!»

Die Frauen fuhren ab, und wir hatten einen guten Vorsprung vor den Dollys, würde ich sagen.

Smoke rannte durch das Unterholz zu mir rüber. Auf seinen Wangen und um die Augen klebten Blutflecken. Er schob sein Gesicht an meins und legte den Mund an mein Ohr. Sein Bart kitzelte.

«Wie geht's dir, kleiner Bruder?»

«Keine Patronen mehr.»

«Das ist vielleicht eine Scheiße.»

«Ich bin am Arsch getroffen.»

«So leicht kriegen die mich nich.»

Dann spürte ich die Hand meines Bruders, und ich langte hinüber und nahm sie. Eine Minute lang oder so hielten wir uns bei den Händen. Die Dollys schrien uns ihre Version unserer näheren Zukunft zu, aber das mußte ich mir nicht anhören. Das Händehalten spendete Trost, vielleicht wie eine letzte Zigarette, während das Erschießungskommando durchlädt.

Ich hörte Tuffy, bevor ich ihn sah, und als ich ihn sah, hatte er uns schon gefunden. Aus der Nähe gesehn, hatte er in seinem Stammbaum eine Bulldogge und möglicherweise einen Bluetick, so was in der Richtung. Er heulte uns um die Beine, sprang umher und schnappte. Ich trat nach ihm, und er verbiß sich in meinen Fußknöchel. Mein Schrei machte uns zu Zielscheiben.

Ich zog das Bein hoch und Tuffy näher ran, und langte mit einer Hand an seinen Sack und zerrte daran. Als ich fester zupackte, lockerte sich sein Biß, und er ließ von meinem Knöchel ab. Die Geräusche, die er von sich gab, werde ich nie vergessen. Ich drehte ihn auf den Rücken und umfaßte seinen Hals. Er schlug mit den Pfoten nach mir und zerkratzte mir die Brust, die Wangen und das Kinn. Ich brachte mein Körpergewicht ins Spiel, senkte beide Knie in seinen Bauch und drückte mit den Händen fest zu.

Schüsse wurden abgefeuert, und im Laub schallte es wider, wie ein Windstoß bei Regen. Wie die Keiler gejagt zu werden, von Hunden und Dollys, in den Wäldern unserer Heimat – es paßte wirklich!

Tuffys Zunge baumelte seitlich aus der Schnauze, seine Pfoten schlugen nur noch kraftlos aus, und ich hörte Knochen knacken.

Ich ließ von ihm ab. Seine Pfoten zuckten noch einmal, dann war er ruhig und steif.

Ich fing an zu weinen, heulte und flennte nur so.

«Jetzt bin ich ein beschissener *Hunde*mörder.»

«Schsch.»

Mein Knöchel fühlte sich an, als ... als hätte ein Hund reingebissen.

Smoke kletterte den Hügel hoch. Ein Arm hing ihm schlaff herab, und von dem anderen baumelte die Schrotflinte. Er bewegte sich langsam und bedächtig und hielt sich unter der Hügelkante. Ich folgte ihm in derselben Manier. Als ich mich über Baumstämme und Felsen und durch Furchen schleppte, schienen die Muskeln meines verletzten Hinterns miteinander zu schwafeln – ein Krampf vermutlich.

Wir konnten die Dollys jetzt auf dieser Seite der Schlucht hören, wie sie laut gegen die Bäume schlugen, als seien sie auf Safari und versuchten, dumme verwundete Tiere aufzuscheuchen.

Mein großer Bruder führte mich den Hang hinauf und auf die andere Seite, weg von dem Lärm, den unsere Jäger veranstalteten. Wir zertrampelten Kräuter, die Luft war voller Insekten und Pflanzendüfte. Wir kamen auf eine Lichtung, und der Mondschein mit seiner Stinkkäsefärbung verlieh unserer Haut und dem Blut auf unseren Gesichtern einen Farbton wie auf alten Gemälden.

«Hör auf zu weinen», flüsterte Smoke.

Sein Ton war schroff.

Ich ging zu ihm rüber und zerrte ihm das Hemd vom Leib. Sein Arm war komplett aufgerissen und sah wie ein Fleischklumpen aus. Ich band das Hemd um die Wunde und knotete es zu.

«Der Hund, das ist mir an die Nieren gegangen», sagte ich.

Hinter dem Hügel, vielleicht zwei Meilen entfernt, sahen wir die Lichtglocke über der Stadt.

«Wir trennen uns», sagte er. «Ich geh Richtung Stadt, und du gehst zu Big Annies Haus. Wir brauchen einen Wagen, Doyle. Hol deinen, und wir treffen uns dann bei Panda.»

Er ließ mir keine Zeit, etwas zu sagen. Wir umarmten uns, und er ging auf den dunklen Wald zu. Ich sah dem Rücken meines Bruders nach, bis er verschwand.

Ich stand einen Augenblick da. Der Arsch tat mir weh, und in meinem Kopf wimmelte es nur so von verrückten Bemerkungen. Stoff für Imaru, schätze ich.

Dann machte ich mich auf die Socken, einfach drauflos, und ich kam gut voran.

Kurz nachdem wir uns getrennt hatten, knallten hinter mir Schüsse durch die Nacht. Sie hallten rundum in den Hügeln wider, deshalb wußte ich nicht genau, woher sie kamen, aber ich wußte, was sie zu bedeuten hatten.

Ich war nur noch Heulen und Zähneklappern.

27 Ältere Rechte

Alle erhoben sie ihre Stimme: Imaru hier! Imaru da! Imaru wird! Imaru muß!

Oder vielleicht waren es nur die Nerven, die Panik, der Aufruhr plötzlicher Trauer.

Ich brauste ziemlich schnell das Ufer des Gum Creek hinab, und der Volvo schepperte wütend. Ich ließ die Scheinwerfer brennen, aber die Felsbrocken zu sehen, räumte sie noch nicht beiseite. Ich hatte Angst, auf der Hauptstraße in einen Hinterhalt zu geraten. Der Volvo rumpelte und schubberte und hob und senkte sich auf dem harten, weißen, trockenen Flußbett. Mein Kopf schlug gegen die Decke, und der Hintern tat mir weh. Ich fuhr an der Geldplantage vorbei und weiter bis zu der Stelle, an der der Gum Creek in den Howl River mündete. Ich lenkte den Wagen aufs Ufer zu, aber es war zu steil, und ein Scheinwerfer mußte an einer jungen Weide dran glauben. Ich setzte zurück, bis ich auf dem Flußbett einen guten Anlauf hatte, ließ die Reifen durchdrehen, trat das Gaspedal durch und pflügte schließlich mit dem Volvo über den Sand und das Geröll. Das kostete mich den Auspuff, aber ich erklomm endlich das Ufer und fuhr auf den Rasen hinter Tararum.

Der Wagen hing schräg und fuhr nicht mehr gradeaus. Er ließ sich nicht mehr richtig steuern, hielt aber noch mit Hängen und Würgen die Richtung.

An der Gartenlaube sah ich den schmalen Fußpfad, der sich elegant zwischen den Bäumen zum Haupthaus, dem Hähnchenschenkelpalast, emporwand. Nach Gesetzen, die älter als alle Gesetzbücher sind, befand ich mich auf meinem eigenen Grund und Boden, dachte ich. Der Volvo paßte auf den Pfad.

Der auspufflos dröhnende Motor und der verbliebene, weißglühende Scheinwerfer meldeten mein Kommen an, und als ich mich Tararum näherte, sah ich, daß sich acht oder zehn angesehene Bürger in Freizeitklamotten versammelt hatten, um zuzusehen. Es war Mitternacht an einem Samstag, und die feine Gesellschaft veranstaltete irgendwas. Ich gab mir Mühe, trotz meiner Trauer keine Statuen umzureißen. Ich umfuhr den Swimmingpool und streifte einen Tisch, nur einen kleinen Patiotisch, und zerdepperte ein paar Glasobjekte. Ich war nicht schneller, als hier angebracht war.

Sam T. Byrum höchstpersönlich stellte sich dem Wagen in den Weg, und ich stieg in die Eisen. Byrum war ein sehr großer, würdevoller Typ. Er zog sich schick an und hielt sich wie ein geborener Champ. Genau der Typ von Mann, den ich immer gern verdreschen würde, aber nur selten tatsächlich verdresche.

«Was glauben Sie, was Sie da machen, verdammte Scheiße?»

Ich steckte den Kopf aus dem Fenster. Mehrere von Byrums Gästen äußerten Dinge wie Idiot und blöder Proll – die üblichen Begrüßungen. Der Wagen röhrte zu laut, als daß ich alles verstehen konnte.

«Ist das denn nicht der Morningside Drive?»

«Morningside ... du besoffenes Arschgesicht.»

«Ach, Scheiße, alter Knabe», sagte ich und zeigte auf ein übergroßes Terrassenbeet mit kunstvoll gestutzten und arrangierten Sträuchern. «Dann geht's bestimmt da lang.»

Ich riß das Lenkrad rum und trat das Gaspedal durch. So unüberwindlich waren die Sträucher gar nicht. Sie hauchten beim ersten Stoß das Lebenslicht aus und legten sich unter den Volvo, wie ein Zimmermädchen unter einen spitzen Rockefeller.

Ich hatte den Bauch voller Wut. Wer die abkriegt, hat nichts zu lachen.

Ein paar langstielige Gläser zerschepperten auf der Heckscheibe.

Ich fuhr durch das Haupttor davon. Das Auto war schwierig zu lenken und bewegte sich ein bißchen wie ein Kakerlak. Es dampfte unter der Motorhaube.

Hierfür bin ich geboren.

Wiedergeboren, meine ich.

Als ich auf Pandas Hof einbog, hatte sich der Dampf in eine Wolke verwandelt. Ich fuhr über den Hof bis zur Tür und verjagte dabei eine Katze, die auf den Friedhof huschte. Die Vorhänge waren zugezogen, aber das Licht war an. Der Volvo stank verbrannt, und irgendwo lief hinter einer Fliegentür ein Radio.

Ich ging ins Haus, und sie saßen alle im Wohnzimmer. Big Annie und Niagra hockten auf den Sofalehnen, zu aufgewühlt, um sich ruhig hinzusetzen. Aus dem Fernseher plärrte *Saturday Night Live*, mit Steve Martin als Moderator, glaube ich. Panda hielt eine Zigarre in der Hand. Der Schwarzdornstock lehnte zwischen seinen Knien. Auf dem

Couchtisch stand eine Schale mit Salzcrackern und eingelegten Schweinefüßen. Nur ein Schweinefuß war gegessen worden. Die anderen lagen da und schimmerten blaß in Aspik. Sie sprangen mir ins Auge. Ich mußte sie ein paar Sekunden lang ansehen.

«Vielleicht rückst du mal mit der Sprache raus», sagte Panda zu mir. «Was zum Teufel geht hier vor? Die Mädels erzählen nur vages Zeug. Ziemlich vages Zeug.»

«Besser nicht», sagte ich.

Ich schüttelte heftig den Kopf und riß den Blick von den Schweinsfüßen und dem Aspik los.

«Ich will 'ne Antwort, Junge. Ich hab mich über 'ne Stunde zurückgehalten. Ich hab 'n Imbiß aufgetischt, sieh mal, und bin gastfreundlich und geduldig gewesen. Aber jetzt reicht's.»

«Dein Gesicht», sagte Niagra. «Du bist ja völlig zerkratzt, Doyle!»

Sie kam angelaufen, und wir umarmten uns. Ihre Hand glitt wohl unter meinen Gürtel. Sie spürte das Blut. Sie drehte sich um, hielt ihrer Mutter die blutbeschmierte Hand hin und riß vor Entsetzen den Mund auf.

«Ich hab 'n Schuß abgekriegt», sagte ich.

Big Annies Gesicht sank zusammen und versteinerte.

Sie sagte: «O nein, o nein, o nein – und Smoke?»

Als sie den Namen meines großen Bruders nannte, kam Panda auf die Beine. Er stützte sich auf seinen Stock und baute sich vor mir auf. Seine Augen, diese verdammten blauen, gemeinen, unerschrockenen Augen durchbohrten mich. Ich versuchte, ihm nicht in die Augen zu sehen, sondern die Fotos an der Wand anzublicken; ich versuchte wirklich, dem Pflanzenmuster auf der ausgeblichenen Tapete zu folgen.

Zwecklos.

Unsere Blicke trafen sich, und ich konnte es nicht ertragen. Noch als wir einander in die Augen starrten, fing ich zu weinen an. Die Muskeln in meinem verletzten Arsch zuckten, und ich flennte einfach los. Ich ließ mich auf den Boden fallen.

Big Annie kreischte, und dann stimmte auch Niagra ein.

Panda war sprachlos und schlug mich mit dem Schwarzdornstock. Er traf mich hart an der Schulter.

«Nicht meinen Kleinen», sagte er. «Nein, nein, nein.»

Er schlug mich noch einmal.

«Du mickriger Bücherwurm, du Schwuchtel ... du hast zugelassen, daß sie meinen Jungen töten?»

Er hatte einen Gesichtsausdruck, den ich nie zuvor bei ihm gesehen hatte.

«Warum» – Schlag – «nicht» – Schlag – «du? Warum nicht du? Warum Smoke? O Gott. Neiiin. *Du!*»

Ich kroch wie ein Wurm über den Boden davon. Der Schmerz von den Stockhieben hatte meine Schultern betäubt; meine Arme wollten sich erst gar nicht bewegen.

«Ich werde tun, was nötig ist!» schrie ich. Ich flennte immer noch. «Ich weiß, was jetzt getan werden muß. Ich hab ihn auch geliebt, weißt du.»

«Das spielt überhaupt keine Rolle!»

Die Frauen hatten aufgehört zu kreischen und sahen gebannt zu, wie mein Großvater mich vertrimmte. Sie hielten sich eng umschlungen, und ihre Gesichter waren von den Wimpern bis zur Kinnspitze tränenüberströmt. Ihre Wangen bebten. Panda setzte den Stock zum Gehen ein und verließ den Raum. Ich wußte, wo er hinwollte. Ich hörte die Tür quietschen, die Tür des Waffenschranks unter der Treppe. Die alten Waffen wurden hervorgeholt.

Die Frauen halfen mir auf die Beine, und wir hingen uns mitleiderregend in den Armen. Das Mitleid und Verständnis war wie eine Behinderung. Ich wußte, was ich zu tun hatte.

Ich machte mich frei.

«Bringt die Ladung an einen sicheren Ort», sagte ich.

Big Annie sah mich an und schüttelte den Kopf.

«Mann, ich kann nicht mal daran denken.»

«Du mußt.» Ich packte sie an der Schulter. «Du mußt, Big Annie. Morgen früh werd ich einen Anwalt brauchen.»

«Ich ... ach.»

Sie schlug sich die Hände vors Gesicht.

«Macedonia», sagte Niagra. «Big Annie? *Big Annie?* Reba und Sonny und die anderen, damals, als du in der Blue-Goose-Kommune gelebt hast? Die könnten uns helfen. Wir können das nach Macedonia fahren – heute nacht noch.»

«Ich kann nich.»

«Aber ich», sagte Niagra. Ihre Schönheit versetzte mir immer noch einen Stich. Sie würde mir fehlen. «Doyle wird das Geld brauchen.»

Ich hörte Panda drüben im Flur, wie er mit Hähnen hantierte, Revolverwalzen drehte und mit Patronenschachteln klapperte.

Niagra fuhr mit den Fingerspitzen über mein klauenzerfurchtes Gesicht.

«Ich liebe dich, Doyle. Das ist kein Kinderkram, was ich da sage.»

«Du bist alles, wovon ich träume.»

«Du wirst es bekommen», sagte sie. «Es ist bloß, daß, weißt du, das war nich richtig, was die Dollys gemacht haben, und sie habens bestimmt gemacht.»

«Nimm die hier!» schrie Panda. «Oder ich tu's!»

«Doyle, Schatz, du mußt nicht tun, was der alte Mann von dir verlangt. Du mußt es nicht tun. Du kannst einfach aufhören und den Bullen die Sache überlassen.»

Sie hörte es nicht. Und wie hätte sie auch? In der Redmond-Welt wird eine Teufelsmusik gespielt, und man lernt schnell, danach zu tanzen, wenn man sie einmal laut genug gehört hat.

Ich wich vor dem Mädchen zurück – dem Mädchen, das ich zu lieben glaubte.

«Nein», sagte ich. «Einer wie ich macht so was nicht.»

Viel mehr blieb nicht zu sagen. Panda stand im Türrahmen, und ich wußte, was er da in der Hand hielt. Niagra gab mir einen Kuß.

«Wir fahren», sagte sie. «Ich ruf aus Macedonia an.»

Sie führte Big Annie an der Hand aus dem Zimmer, und Big Annie vergaß, sich zu verabschieden. Sie schlurfte wie ein Zombie. «Smoke», war alles, was sie sagte.

Ich sah nicht gleich zu Panda hinüber. Ich massierte mir die Schultern, schüttelte dann eine Lucky aus dem Päckchen und steckte sie an.

«Du schlägst mich nie wieder», sagte ich. «Die Scheiße ist vorbei.»

Sein Stock und seine Füße spielten eine Art Musik, als er durch den Raum auf mich zukam: Wumm, sch, wumm, sch.

«Nimm die», sagte er. «Die funktioniert.»

Da war sie, die 38er Smith and Wesson, mit der er Logan Dolly umgebracht hatte. Seine Meinung über den Mord hatte er kundgetan, indem er eine große, hervorstechende Kerbe in den Griff geritzt hatte.

So sah er das.

Ich nahm den Revolver, hob ihn hoch und prüfte die Walze.

Er hatte ihn für mich geladen.

«Noch mehr Ärger», sagte er. «Der Scheiß-Sheriff ist draußen und schnüffelt an deinem Wagen rum.»

Ich schob den Revolver in den Gürtel und zog das Hemd drüber.

Ich sah in Pandas blaue Augen und sah eine Menge Zeug darin, Zeug, das kaum hinter den Lidern zu verstecken sein würde.

«Ich werde tun, was nötig ist.»

28 Sperrstunde

Als ich über den Hof ging, brüllte Sheriff Lilley ein paar rüde Sprüche über mich, über mich und Tararum, er war ziemlich außer sich. Ich setzte ihm den Revolver an den Kopf. Um zu zeigen, wie ernst es mir war, spannte ich den Hahn, und das metallische Klicken brachte ihn sofort dazu, einen angemesseneren Ton anzuschlagen.

«Also, so schlimm ist es nun auch wieder nicht, Doyle.»

«Wenn du meinst.»

«Du handelst dir mächtig Probleme ein.»

Ich nahm die Handschellen hinten von seinem Gürtel.

«Gib die Hände her», sagte ich. «Ich will einem Arschverwandten nicht weh tun. Nur, wenn's sein muß.»

Die Handschellen machten mir Schwierigkeiten. Ich stellte mich ungeschickt an und mußte den Revolverlauf fester gegen den Kopf des Sheriffs drücken, als ich wollte.

«'tschuldigung», sagte ich. «Halt die Hände nach hinten.» Er gehorchte nicht. Er atmete tief ein, und sein Schnauzbart zuckte. Der Gedanke, mit mir zu kämpfen, gewann in seinem Hirn an Einfluß. «Gib mir einfach deine Handgelenke, Terence, und es wird nichts Tragisches passieren. Jedenfalls dir nicht.»

Er schob nur langsam die Hände nach hinten. Er war ein widerspenstiger Gefangener. Ich schloß die Handschellen und ließ sie zuschnappen.

Er sagte: «Bis eben hat man dir nur ein bißchen Dummheit vorwerfen können, Doyle. Aber ich seh schon, du wirst nicht haltmachen, bevor du nicht wie ein kompletter Vollidiot dastehst.»

«Mir egal.»

Ich führte den Sheriff an den Handschellen um den Volvo herum auf die Beifahrerseite und hielt ihm die Tür auf.

«Steig ein. Paß mit dem Kopf auf.»

Ich warf die Tür zu, ging rüber zur Fahrerseite und glitt hinter das Lenkrad. Der Wagen röhrte wie ein Müllschlukker, als ich den Motor anließ. Der verbliebene Scheinwerfer hing schief.

«Wo willst du mit mir hin?»

«Ich nehm dich bloß mit, weiter nichts.»

«Im Ernst? Wohin?»

«Reinen Tisch machen.» Im dunklen Wagen sah ich den Sheriff an, und er erwiderte meinen Blick. Er sah die Entschlossenheit in meinem Gesicht. «Smoke ist ermordet worden.»

Er sagte kein Wort. Ich hatte erwartet, daß er mich einen Lügner schimpfen oder mir einen Vortrag in Staatsbürgerkunde halten würde, über Hierarchien und so, einen Proforma-Versuch, mich umzustimmen. Aber nein.

Ich fuhr die Grace Avenue hinab und kämpfte mit dem Lenkrad, denn der Wagen war schwer angeschlagen und hielt die Spur nicht. Der Scheinwerfer beleuchtete Bürgersteige und Gärten, aber nicht die Straße vor uns.

«Dann bin ich der letzte», sagte der Sheriff.

Ich blickte zu ihm rüber und erschrak. Er hielt krampfhaft seine Gefühle im Zaum. Er blies die Wangen auf und biß sich auf die Unterlippe.

«Hä?»

«Weißt du denn nicht, daß Smoke und ich zusammen zur Schule gegangen sind? Scheiße, Junge, wir haben beide bei den West Table Wuzzahs auf der Linie gespielt. Wir haben das Endspiel der Distriktmeisterschaften durch ein beschissenes Feldtor verloren. Wo dein Bruder jetzt tot ist, verstehst du, bin ich der letzte von der ganzen verdammten Linie, der noch am Leben ist.» Er trampelte auf den Boden und riß vor Kummer den Kopf zurück. «Nummer 74 hat an ein Stromkabel gepackt. Nummer 78 ist nicht aus 'Nam wiedergekommen. Nummer 61 hat verkackt. Der Arzt hat gesagt, er wär an ‹akutem Alkoholismus› gestorben, und dabei war er grad mal dreiunddreißig oder vierunddreißig Jahre alt. Man glaubt's nich, daß einer so schnell so viel schlucken kann, aber er hat's getan. Einer von den Reservespielern, Herrgott, ich hab seine Nummer vergessen, nicht zu fassen, ist von einem Wildschwein totgetrampelt worden. Und jetzt ist der alte Smoke, Nummer 91, auch nicht mehr in der Aufstellung. Da bleib nur *ich* übrig.»

«Ich hab vergessen, was du gespielt hast», sagte ich.

«Ich nicht», sagte er. «Nummer 79 für immer.»

«Ihr wart 'ne gute Mannschaft.»

«Wir haben wegen einem Scheiß-Schuß verloren. Und Schießen gibt's beim Football normal gar nich.»

Ich hätte nicht losfahren dürfen. Ich wußte nicht, wo ich hinfahren sollte. Der Wagen war kurz davor zu streiken.

«Wer hat ihn umgebracht?»

«Roy Don Springer.»

«Das will ich jetzt von dir hören. Meinst du, du bist Manns genug, dich mit Roy Don Springer anzulegen?»

«Ich hab ihn schon mal verkloppt.»

«Du hast ihm die Nase gebrochen? Schön für dich, Kleiner. Aber Umbringen ist 'n anderes Ding. Und der Kerl wartet nur drauf. Er ist von Grund auf böse. Hat Shareena vor ein paar Jahren vergewaltigt, nur nich mit seinem Schwanz. Hat 'n Schürhaken dazu genommen und sie grausig aufgerissen. Aber statt ihn anzuzeigen, hat sie ihn drei Monate drauf geheiratet.»

«Vielleicht hat sie mit ihrem nächsten Gatten mehr Glück», sagte ich. «Jedenfalls kriegt sie 'ne zweite Chance.»

Slagers Schnapsladen war geschlossen, aber ich fuhr auf den Parkplatz, um nachzudenken. Ich wußte wirklich nicht, wo ich hinfahren sollte. Nummer 79 starrte mich nur an.

«Ich glaube nicht, daß du es mit Springer aufnehmen kannst, Doyle», sagte er nach einer Weile. «Und deshalb geb ich dir den *guten Rat*, nicht in den *Inca Club* zu gehen, wo er um diese Uhrzeit meistens ist.»

Über dem Parkplatz waberte weißer Staub in die Luft. Abfahrende Autos wirbelten Staubschwaden auf und nebelten die ganze Gegend um den *Inca Club* ein. Es war bald Sperrstunde, und auf dem Parkplatz standen nur ein paar Pickups und andere Autos.

«Ich mach das wirklich nich gern», sagte ich. «Aber ich muß dich jetzt in den Kofferraum stecken.»

«In den Kofferraum? Das geht jetzt wirklich zu weit, Doyle.»

«Sonst würden alle von dir erwarten, daß du mich aufhältst.»

«Ich geh nicht in den Kofferraum, Junge, nein ...»

Ich schlug Sheriff Lilley mit der Smith and Wesson aufs Knie. Ich weiß, wie weh das tut.

«Das ist kein Scherz», sagte ich. «Du kommst in den Kofferraum.»

Er paßte gut rein, obwohl da sogar ein Ersatzreifen drin war. Er guckte ziemlich mürrisch, als ich die Klappe über ihm zuschlug.

Ich stand vor dem *Inca Club*, dachte an Smoke, der tot im Wald lag, und ließ mir alles durch den Kopf gehen, was mich aufmuntern konnte.

Vergiß die moderne Welt, vergiß, in welchem Jahrhundert du lebst. Es gibt Dinge, die tiefer gehen.

Ich trat mit dem Revolver in der Hand auf die Tür zu. Ich ließ mich von tausend Filmszenen inspirieren, von Volksmärchen, Redmond-Legenden und den Erzählungen meiner Mutter. *Das könnt ihr mit uns nicht machen*, erscholl der Refrain in meinem Kopf – obwohl man uns seit fünfzig oder sechzig Generationen das Gegenteil bewies, soweit ich weiß. Aber die Stimmen in meinem Kopf intonierten ihr *Das könnt ihr mit uns nicht machen* so inbrünstig, daß sie mich voranschoben, als wäre ich felsenfest davon überzeugt.

Shareena bekam ich als erste zu sehen. Sie saß mit einer Flasche Lite-Bier auf der Motorhaube der 57er Chevy-Karosserie. Ich hielt den Revolver in der Hand. Sie sah mich kommen. Ein paar andere Gäste offenbar auch, denn plötzlich strömte alles zum Ausgang.

«Ich hab gedacht, du wärst tot», sagte sie.

«Wohl kaum.»

«Die Nacht ist noch nicht vorbei.»

Ich glaube, manchmal *ist* es tragisch, daß man sein muß, wer man ist. Wer man wirklich ist. Trotzdem war es irgendwie undramatisch, wenigstens bis dahin. Springer stieg aus der Chevy-Karosserie und hatte eine Hand in der Hose, als sei ihm die Pistole in die Jockeyshorts gerutscht. Das Metallding auf seiner Nase und die schwarzen Augen verliehen ihm das Aussehen eines wildentschlossenen Kobolds oder eines Wasserspeiers. Er trug eine Khakihose, und seine Hand zerknitterte die Gegend um den Hosenschlitz, als huschte dort ein Wiesel herum. Er hatte ein kariertes Hemd an, das bis zum Bauch aufgeknöpft war, und seine Brustbehaarung war eine Pracht: graumeliert und viel dichter als meine. Bei meinem Anblick zeigte er weder Verblüfftheit noch Reue, und er schien auch keine Angst vor dem Revolver in meiner Hand zu haben.

Die Jukebox erwachte zum Leben und spielte einen dieser Countrysongs, in denen der Sänger behauptet, der Whisky habe ihn ruiniert.

Da zog er ihn raus. Einen stupsnäsigen Revolver.

Shareena warf sich zu Boden.

Irgend jemand schrie. Tische und Stühle flogen umher.

Ich glaube, er schoß zweimal, aber ohne zu treffen.

Mein erster Schuß traf ihn oben in der Brust. Er fiel zu Boden, schlapp wie ein Fußabtreter.

Ich ging auf ihn zu.

«Kriech, du beschissener Wurm!» schrie ich.

Der Jukebox wurde der Saft abgedreht. Mr. Wofford stand mit erhobenen Händen drüben an der Steckdose.

«Der kann nicht mehr kriechen, Redmond, du Blödmann. Du hast ihn allegemacht.»

Ich sah ihn mir genauer an. Die Wunde schien zu weit in der Mitte, um tödlich zu sein.

Das Herz ist wohl nicht da, wo man es vermutet.

Auf dem Weg nach draußen schnappte ich mir ein Bier von der Theke.

Ich trank es aus, bevor ich den Kofferraum öffnete, das weiß ich noch.

Jedenfalls holte ich Sheriff Lilley aus dem Kofferraum und nahm ihm die Handschellen ab. Dann ließ ich den Revolver fallen.

«Ich hab Todesangst gehabt», sagte ich. «Nimm mich fest.»

Er schlug mir aufs Maul, und das kostete mich einen Zahn.

«Das ist für den Kofferraum», sagte er.

Ich nahm's ihm nicht übel.

«Wenn du einen Polizisten entführst, Doyle, mußt du dich nich wundern, wenn er 'n bißchen stinkig wird.»

29 Das Nicken

Elrod Chuck, der angesagteste Krimiautor Amerikas, der es nie nötig gehabt hatte, mal einen Spruch für den Klappentext eines meiner Romane abzulassen, kam runter nach Howl County und schrieb für *Esquire* ein «Denkstück» über mich. In *Vanity Fair* erschien eine Reportage von Nickolai Noonan, mit ausgezeichneten Fotos. Angesehene Zeitungen und die Regenbogenpresse verwöhnten mich.

Wenn Smoke mich besuchen kommt, wundern wir uns jedesmal über die ganze Aufmerksamkeit. Die Schlagzeilen betonen meistens den Hillbilly-Aspekt: HILLBILLY-FEHDE UM HILLBILLY-AUTOR, so die Richtung. Nickolai Noonan überschrieb seinen Text mit «Er lebte den Schund, den er schrieb», was ich etwas langatmig finde, aber er neigt nun mal zu eleganten Formulierungen. Elrod Chuck war lakonisch wie eh und je: «Blutsbande».

Smoke meint: «Du verdammter *Hitzkopf*. Du bist berühmt.»

Die ganze Sache beruhte, das weiß ich inzwischen, auf einem Irrtum. Eine Farmersfrau, eine der Wolfe-Töchter, hatte Smoke ins Krankenhaus gebracht, und zu dem Zeitpunkt, als ich mich im *Inca Club* über Springer hermachte, kümmerten sich bereits die Ärzte um ihn. Mit dem Kansas-Haftbefehl hatte er auch richtig gelegen, und er hatte seinen Geldplantagen-Anteil darauf verwandt, die Falten aus seinem Lebenslauf zu bügeln.

Ich glaube, ich hab drüber gelacht, wenigstens als er mir zum erstenmal alles erklärte.

Sheriff Lilley behandelt mich beinahe wie einen Kumpel. Mein Agent ruft ständig an – mit Angeboten für meinen nächsten Roman, oder weil er hören will, wie es zu den Ereignissen im *Inca Club* kam et cetera. Der Sheriff läßt mich alle Anrufe entgegennehmen.

Die Hyänen-Romane sollen im Frühjahr neu aufgelegt werden.

Lizbeth hat den Publicity-Braten gerochen und behauptet, mich wieder zu lieben.

Einen Großteil meiner Zeit hier im Gefängnis von Howl County verbringe ich damit, übers Golfspielen nachzudenken. Immer wieder denke ich an einen bestimmten Abschlag vom siebzehnten Kuhfladen, und manchmal lasse ich meinen Schlag den Fladenstapel verfehlen, ich verziehe den Ball oder schlage zu kurz, aber meistens bring ich's nicht fertig, und der Golfball fliegt hoch empor und haut unweigerlich und unwiderruflich den Kuhfladenstapel in Stücke.

Onkel Bill hat aus Jeff City eine Postkarte geschrieben. Meine Zelle ist bezugsfertig.

In langen Briefen aus Venice, Kalifornien, beteuert Niagra ihre Liebe und ihr Bedauern, und schildert in allen Einzelheiten, wie sie die Leinwand erobern will.

Wenn ich jemals aus dem Gefängnis komme, werde ich der sein, der ich immer sein wollte.

Endlich hatte ich meinen Aufhänger.

Anmerkungen des Übersetzers

12 Wal-Mart: große Supermarktkette
14 Pork Chop Hill: Schlacht im Koreakrieg
56 «Weg, du verdammter Fleck!»: Shakespeare, *Macbeth* 5,1
65 Indy 500: Autorennen in Indianapolis
96 *Mildred Pierce*: Film mit Joan Crawford von 1945
104 Celestial Seasonings: Weihnachtsgebäck- und -teemarke
105 Wiffleball: Straßen- und Hinterhof-Baseball
113 Jacks Fork: Fluß in Missouri
113 Egypt Grove: ein Dorf in Missouri
123 Butch and Sundance: *Butch Cassidy and the Sundance Kid*, zwei Westernhelden, wurden durch den Film mit Robert Redford und Paul Newman berühmt.
135 151er Rum: sehr hochprozentiger Rum zum Flambieren
136 Grand Funk Railroad: amerikanische Rockband aus den siebziger Jahren
137 *Galloping Ghost*: Harold Grange, Footballspieler
158 Pretty Boy Floyd: Revolverheld
163 Iwo Jima: Schlacht im Zweiten Weltkrieg
163 Chesty Puller: amerikanischer Kriegsheld des Zweiten Weltkriegs
163 *To the Shores of Tripoli*: Kriegsfilm von 1942
195 MC5: amerikanische Rockband aus den sechziger Jahren

J. S.

rowohlt paperback

Janice Deaner
Fünf Tage, fünf Nächte *Roman*
(paperback 22666)
Zwei Fremde, eine Frau und ein Mann, besteigen in New York den Zug nach Los Angeles. Beide hüten ein Geheimnis; beide fliehen vor ihrem bisherigen Leben. Sie kommen ins Gespräch, und schon bald entwickelt sich eine Nähe zwischen ihnen.

Daniel Woodrell
John X. *Roman*
(paperback 22648)

Elfriede Jelinek
Macht nichts *Eine kleine Trilogie des Todes*
(paperback 22683)
«Im ersten Teil hat eine Täterin gesprochen, die nie eine sein wollte, im letzten Teil spricht ein Opfer, das auch nie eines sein wollte. Die Zeiten, da alle Opfer werden sein wollen, sollen ja erst noch kommen.»
Elfriede Jelinek

Toby Litt
Unterwegs mit Jack *Roman*
(paperback 22408)

Stewart O'Nan
Die Armee der Superhelden
Erzählungen
(paperback 22675)
In diesen preisgekrönten Erzählungen entfaltet Stewart O'Nan die ganze Bandbreite menschlichen Lebens zwischen Verzweiflung und Hoffnung. «O'Nans spannendes Werk ist zum Heulen traurig und voller Schönheit, seine Sprache genau und von bestechendem Charme.»
Der Spiegel

Literatur

Thor Kunkel
Das Schwarzlich-Terrarium
Roman
(paperback 22646)
Thor Kunkels Roman vermischt Elemente der schwarzen Komödie mit Pulp-Fiction und utopisch-technischer Phantasie zu einem ebenso düsteren wie hellsichtigen Panorama der siebziger Jahre.

Dakota Hamilton
Hinter dem Horizont geht's weiter *Roman*
(paperback 22558)
«Krimi, Komödie und Liebesgeschichte – dieser Roman ist wie ein Harley-Davidson-Trip an einem sonnigen Nachmittag: ein rasanter Spaß.»
Quill & Quire

Weiter Informationen in der **Rowohlt Revue**, kostenlos in Ihrer Buchhandlung, und im **Internet: www.rowohlt.de**